新刻改訂版

冗談じゃねえや（下）

浮世絵宗次日月抄

門田泰明

祥伝社文庫

目次

冗談じゃねえや

一

「ほう……」

夕日を背に浴びながら渡り廊下から金堂《こんどう》へ一歩入った清貧の僧として名高い妙庵禅師《みようあんぜんじ》は、思わず目を細め口元を優しく緩《ゆる》めた。

「有難い事じゃ。御仏《みほとけ》が力を下された」

呟《つぶや》いて妙庵禅師は、茜色《あかねいろ》の夕日に背から包まれるようにして両手を胸元に上げ合掌《がつしよう》した。

「和尚様《おしようさま》……」

年齢《とし》は十五、六というところであろうか。まだ幼さを表情に残している小僧が静かな摺《す》り足で、老いて小柄な禅師に近付き、そっと声を掛けた。

見開いた目を小僧と合わせて、禅師がニコリと頷《うなず》く。えもいわれぬ、そのやさしげな表情が、まさしく「清貧」にして「高徳」であることを物語っている。

「御加護《ごかご》を頂戴《ちょうだい》したようじゃのう」

「はい、たった一日の展示で、小襖絵《こぶすまえ》三十点のうち二十五点が買い取られましてございます」

「特に大大的な触《ふ》れ出し（前宣伝）をした訳でもなく、金堂が見物客で混《こ》み合っていた訳でもないのにのう」

「日本橋《にほんばし》の大店《おおだな》、清水屋玄三郎《しみずやげんざぶろう》様は五点も買って下さいました」

「そうかそうか。なるべく早い内に日本橋へ足を運んで、挨拶《あいさつ》をしておかねばなるまいのう」

そう物静かに言いつつ、金堂を見回《みまわ》す禅師であった。

金堂には若い男女が一組、年老いた夫婦らしいのが一組いるだけで、残った五点の小襖絵を身じろぎもせずに眺《なが》めている。

若い方も、年老いた方も、商家の者という身形《みなり》だった。

三十点の小襖絵が金堂に運び込まれたのは、昨日の夕方。絵はどれも「寺院と花鳥風月」を題目に捉《とら》えたもので、作者は今や江戸はもとより京《きょう》、大坂《おおさか》にまでその名を知られ「天下一」とまで評されるようになった浮世絵師宗次《そうじ》であった。京《みやこ》の御所様（天皇）からもお声が掛かるようになった、とかの噂《うわさ》があるとか、ないとか。

やがて商家の者らしい四人が禅師に軽く腰を折り、金堂から出て行った。

「利安《りあん》や。残った五点はな、一か所に集めなさい。菩薩様《ぼさつさま》の前がよい」

「はい。そう致します」

答えた小僧利安は、金堂の櫺子窓《れんじまど》を閉じ始めた他の小僧たちの方へ、やはり摺り足で急いだ。夕日が差し込んでいた金堂が、次第に薄暗くなってゆく。

「浮世絵師宗次……それにしても大変な力量《りきりよう》よのう」

呟《つぶや》きを残して、禅師は渡り廊下を庫裏《くり》の方へゆっくりと戻った。

小石川伝通院《こいしかわでんづういん》にほど近い、ここ天正宗竜安派開音寺《てんしようしゆうりようあんはかいおんじ》には、庫裏の東側に建坪《たてつぼ》三十坪ほどの施療院があった。幕府の支援を仰《あお》がず、開音寺の浄財だけで運営されており、とくに孤児《みなしご》の病気治療に重点がおかれている。

四人の町医者が交替で詰めるに要する手当、和洋薬剤を取り揃《そろ》えるための費用、入院させている子らへの衣食費用など、天正宗竜安派の小さな末寺の一つに過ぎない開音寺にとっては、大きな負担だった。

禅師は渡り廊下を渡り終えると、庫裏の入口で振り返り金堂に向かって再び手を合わせた。

「宗次殿、お礼を申しますぞ」

禅師の口から漏れた小声は、それであった。

売れた二十五点の小襖絵の代金は、日本橋の大店清水屋玄三郎らから一度、浮世絵師宗次宛てに支払われることになっていた。

宗次がその金を、禅師に手渡すのだ。この手順は禅師からの希望だった。絵の商《あきな》いに開音寺は直接手を染めない、というかたちを取ったのであろう。

庫裏の薄暗い中廊下を、柱の掛け行灯《あんどん》の小さな明りを頼りに七、八間《けん》進んで左に曲がると、結構な広さがある庭に面した濡《ぬ》れ縁《えん》になっていて、あたり一面庭も広縁《ひろえん》も夕日の色に染まっていた。

「ほう、赤蜻蛉《とんぼ》がのう……」

禅師は足を止めて、葉も果実も赤く色付き始めた七竈《ななかまど》や真弓《まゆみ》を眺めた。その木の周囲《まわり》に昨日《きのう》までは見なかった赤蜻蛉が数え切れぬほど、群れ飛んでいる。

「秋が来て……冬が来て」

ぶつぶつと言いながら自分の居間に入った禅師が、「おっ」と小さな背中を反《そ》らせた。

「庭先から勝手に入らせて戴《いただ》き、お待ち致しておりました。無作法お許し下さい」

座敷に正座していた若い男が、畳に両手をついて深深と頭を下げた。

「これはこれは宗次殿。なんの、一向に構いませぬよ」

皺《しわ》深い表情に笑《え》みを広げた禅師は、浮世絵師宗次と向き合って腰を下ろした。

「まだ金堂を覗《のぞ》いておりませんが、今日一日の様子、いかがでしたか和尚《おしょう》様」

「それが二十五点も売れたのじゃよ、たったの一日でな」

「ほう、それはまた……」

「いやあ、さすが宗次殿の評判、たいしたものじゃ。驚きなんてものではありませぬわな」

「私にとりましても、花鳥風月を題目とする初めての個展でありました。それだけに、ホッと致しました」

「二十歳《はたち》の前より力量擢《ぬき》んでていたと言われる宗次殿の浮世絵が、如何《いか》なる絵を描くことにも通じることを証明して見せましたな。これからも絵幅を、どしどし広げていって下され」

「はい、頑張ってみます」

「鎌倉河岸《かまくらがし》で行き倒れの母と子を、宗次殿がこの開音寺へ運び込んだ事が縁で、今日のような素晴らしい日が訪れました。有難い事じゃ」

「あの母子《おやこ》が元気に旅立ってから、もう八か月になりましょうかねえ」

「うむうむ、それくらいになるじゃろ。その間に宗次殿は、それでのうても多忙な人気絵師じゃというのに、この開音寺施療院のために三十枚もの小襖絵を描いて下された。この通り感謝しますぞ宗次殿」

そう言って、妙庵禅師は宗次に向けて合掌し、丁重《ていちょう》に頭《こうべ》を垂れた。

宗次も「いえいえ……」と頭を下げ返した。

「日本橋の大店、清水屋玄三郎殿は一度に五枚も買《こ》うて下されましたぞ。宗次殿とは交誼《こうぎ》を結んでおられるのかな」

「あ、清水屋玄三郎様がおいで下さいましたか。ええ、もう二、三年の付き合いになりましょうか。この冬までに、と頼まれております仏間の襖絵が、全く手つかずで催促《さいそく》を頂戴しております」

「商人というのは何事も急《せ》きますからな。けれど人気絵師の宗次殿に今日頼んでも出来上がりは一年後ぐらい、は心得ておりましょう。大店清水屋じゃから」

「はあ、まあ……」

「おうそうじゃ。旨《うま》い葉茶を貰《もろ》うたでな。いま熱い茶を淹《い》れて進ぜましょう」

「あ、和尚様。私これから、もう一軒出向かねばなりません。まもなく日も落ちますゆえ、お茶は絵の代金を持参いたしました時にでも、ゆっくりと頂戴させて下さい」

「そうですか。では、そうしましょうかの」

「まだ五点が残っておりますゆえ、これが明日にでも完売できれば、有難いことです」

「今日二十五点を買って下された方方がいますのじゃ。その方方の口伝えで、残り五点も直《す》ぐに売れましょう。それにしても苦労して描かれた宗次殿の手元に、一粒の銭も残らないとするのは誠に申し訳ない。開音寺へは、ほどほどで結構でありますからの」

「その点につきましては、どうか私にお任せ下さい。ともかく此度《こたび》の小襖絵は、開音寺施療院のために、という思いを込めて描いたものでございますから、どうか御気遣いありませぬよう」

「そうですか……」と、禅師は目を細めて頷《うなず》いた。

「それに致しましても和尚様、これ迄《まで》のように薬種問屋《やくしゅどんや》から薬を買い入れて幼い患者に与えるというやり方は、開音寺の負担が大きくなるばかりではありませんか」

「う、うむ。そうだと判《わか》ってはおるのじゃが」

「この庫裏の広い庭を潰《つぶ》す訳には参らないのでしょうか」

「潰す？……」

「いや、これは少し言葉が悪うございました。治療に用いられることの多い主要な薬種を何種類か庫裏の庭で栽培なされたらどうですか？」

「そのことなら考えた事もありましたのじゃ。薬種問屋の『加倉屋《かそうや》』から勧められてな」

「ほう、左様でしたか」

「じゃが、加倉屋は自分が儲《もう》けることしか考えぬわ。開音寺が苦しいやりくりをしながら毎月、かなりの薬種を買っているというのに、薬種栽培を勧めておきながら、自分のところで管理したいと言うてな」

「つまり、庭だけを貸して欲しいと？」

「そうじゃ。賃料は支払うが、栽培した薬種は自分の手で製剤し販売したいそうじゃ」

「それはまた、いかにも商人らしい計算ですね。しかし加倉屋の主人《あるじ》……ええと、名は確か」

「多左衛門《たざえもん》……じゃが」

「そうそう、そうでした。加倉屋多左衛門は、さほど評判の悪い人物ではありません。開音寺が庫裏の庭で薬種の栽培ができるよう、手助けしろと私から言ってみましょうか」

「だが宗次殿、開音寺の手で栽培を始めるにしても、それなりの金は必要じゃ。今の開音寺には……」

「思案するよりも、ともかく動いてみましょう。宜《よろ》しいですか」

「宗次殿が、そう言うてくれるならの」

「任せて下さい。それでは今日にでも多左衛門殿に当たってみます。善は急げです」

宗次は膝《ひざ》をポンと軽く打って立ち上がった。

「おや、もう帰られるのかな」

「はい。実は、この話を和尚様に持ちかけるために参ったのですよ」

「これはまた、そうじゃったのか。あれこれ考えさせて申し訳ないのう」

禅師はやわらかく破顔して頷《うなず》いた。

山門まで禅師に見送られて、宗次は開音寺を出た。

東の空には、すでに墨が流れ出していた。

西の空は、熟し切った柿のような色だった。その色の中を、何という鳥なのであろうか、整然と、くの字形に群れて飛んでいく。

宗次は、足を早めた。

二

開音寺山門から、薄暗くなり出した二本木《にほんぎ》坂を二町ばかり真《ま》っ直《す》ぐに下ると、辻の角に甘酒、ぜんざい、餡餅《あんもち》などで知られた『増味屋《ますみや》』がある。

その角を右へ折れると一町ばかり先に見えるのが薬種問屋加倉屋だった。

開音寺からは、何の雑作《ぞうさ》もない距離である。

「おや、もう店じまいかえ」

「あ、これは宗次先生。お仕事のお帰りですか」

「なに。開音寺の和尚様に、ちょいと用があってな」

「家内と一緒に拝見させて戴きましたよ先生。開音寺金堂の小襖絵。感動しました」

「そうかえ、観てくれましたかえ」

「さ、お入りなさって下さいまし。甘味処《かんみどころ》の『増味屋』とは申せ、悪くない酒の備えくらいはございます。戸は立てますが、さ、中でごゆっくりと」

「いや、これから向こう正面の加倉屋へ立ち寄りたいのさ。すまねえが、餡餅を見繕《みつくろ》って包んでくんねえ」

「左様でしたか。加倉屋さんへ。承知致しました。直ぐに用意いたします」

先代から『増味屋』を引き継いで頑張っている若主人《あるじ》の与之助《よのすけ》が、立てかけた戸をそのままにして、あたふたと店の中へ戻った。

下働きで五人ばかりいる女たちが、店の前に佇《たたず》んでいる宗次に気付いて、

「あ、先生。いつも有難うございます」「どうぞ中に……」などと笑顔で声を掛ける。

この『増味屋』は、「絶世の小町美人」と江戸の男たちの憧《あこが》れの的となっている料理茶屋『夢座敷』の女将《おかみ》幸《こう》の、贔屓《ひいき》の店だった。

宗次がこの店の暖簾《のれん》をはじめて潜《くぐ》ったのは、幸に連れられての事である。以来、近くを訪れた時など、宗次も一人で立ち寄ったりしている。

「お待たせしました」

与之助が品を手に、女房のカナを従えて店の外に出て来た。

「宗次先生、お茶の一杯くらい飲んで行って下さいまし」

カナが人の善《よ》さそうな丸顔に笑みを広げて、宗次を促《うなが》した。

「今日は店の前で失礼させて貰《もら》うよ。また別の日にでもな」

「開音寺金堂の小襖絵。亭主と今朝《けさ》、見て参りました。凄《すご》かったです。心打たれました」

「そう言ってくれると嬉《うれ》しいね。次に来た時にでも、ゆっくりと感想を聞かせておくんない」

「きっと来て下さいましね。なるべく早めに」

「はいよ。約束しよう」

宗次は与之助から餡餅の包みを受け取ると、店の前から離れた。どこかで鳥が鋭く鳴いた。まるで何かに対して怒っているかのように。

「宗次先生、お疲れ様です」

商家の母子らしい二人連れが、宗次に頭を下げて足早にすれ違った。

「暗くなりやすよ。気を付けなすって」

「はい。直ぐそこ迄ですから」

言葉を交わした双方の間が、次第に開いてゆく。

また鳥が鳴いた。

薬種問屋加倉屋から、丁稚《でっち》（小僧）らしい小柄な者《の》が外に出て来て、ガタゴトと音を立てながら表戸を立て始めた。

一日の商売の終わりである。

活気ある江戸も、大店が店を閉じ、鳶《とび》、大工、左官など職人たちが薄暮《はくぼ》のなか家路《いえじ》を急いで日が落ち切ると、恐ろしい程《ほど》の暗さ、薄気味悪い程の静けさに見舞われる。活気ある昼間の江戸とは、比べようもない程の。

丁稚らしいのが八枚ある表戸の、最後の一枚を立てかけた時、宗次は加倉屋より半町ばかり手前の、大柳の下に一歩入りかけていた。

その足が、ふっと止まった。

表戸を敷居に嵌《は》め込んで滑り具合を確かめている丁稚らしいのに、身形《みなり》のよい一人の侍が近付いて何やら声を掛けたのだ。

薄暮の中でも、二十歳《はたち》前後かと宗次には判《わか》った。

丁稚らしいのが笑顔で頷《うなず》いて何事か答えたが、やはり宗次には聞き取れなかった。

またしても鳥が鳴いて侍は空を見上げたが、丁稚らしいのに促されて店の中へ入った。そして表戸が完全に閉じられる。

「どこかの藩の侍らしいな。加倉屋多左衛門が応対するであろうから、……仕方ねえ、今日は諦《あきら》めるか」

宗次は加倉屋の前までは行かず、大柳の下から出て小笠原《おがさわら》藩中屋敷と大月《おおつき》藩中屋敷の間を南へ延びている、細道へと入っていった。

宗次の住居《すまい》、貧乏長屋で知られた八軒長屋がある鎌倉河岸への近道だ。今や「天下の大江戸浮世絵師」として知られ、大名旗本家からの声がかかりも絶えないというのに、貧乏長屋から一向に出ようとしない。

大名家中屋敷に挟まれた緩《ゆる》い下りの細道を一町ばかり行くと、東西に延びる泣《な》き虫《むし》坂にぶつかる。正面に小さな廃寺があって、立ち入り禁止の寺社奉行、町奉行連名の立て札が傾いた山門脇に立てられている。

寺社奉行、町奉行連名の立て札というのは、異例だ。

数か月前、この寺で小僧が金満《きんまん》住職を庖丁《ほうちょう》で刺し殺すという事件が起きた。

修行の厳しさに加え、住職の拝金主義に耐え切れなくて、その息苦しさから逃れようとしての犯行だった。

泣き虫坂は由来は判らないが俗称で、一本木《いっぽんぎ》通りという、きちんとした名が付いている。

だが、近在の人にとっては、泣き虫坂の方が通っていた。

寺の小僧たちが、修行に厳しい住職の教えに、山門の外に出て泣いていたのであろうか。

その泣き虫坂を右に折れて、弓なりに南へ下ると鎌倉河岸の通りだった。

通りに出て右へ首を振ると、宗次が好んで通う居酒屋『しのぶ』が目と鼻の先だ。

日はほとんど沈み切って、西の空の一部が僅《わず》かに赤みを残している。

「おや、宗次先生……」

「やあ、平造《へいぞう》親分。お久し振り。これから夜回りの始まりですかい」

「いやなに、今日はこれで仕舞《しま》いでさあ。先生は？」

「同じく一日の終わりってとこで」

「じゃあ先生そこで一杯……」

「やりますか」

「そうこなくっちゃあ」

「ちょいと疲れ気味の顔つきですねい親分」

「なあに、毎度のことよ」

泣き虫坂の下り口で出会った、この界隈《かいわい》では名うての目明し平造親分と、浮世絵師宗次の意見は直ぐに一致した。

二人が『しのぶ』の暖簾《のれん》を潜《くぐ》ると「おや、二人揃っての御出《おいで》とは珍しい」と、主人《あるじ》の角之一《かくのいち》の声が調理場の奥から掛かった。

店には、一人の客も入っていない。

「あれ、今日は一体どうしたんでえ。いつもなら職人たちで混み始めている刻限なのによう」

「今夜は恐持《こわも》て平造親分が訪れる、と予感して気の荒い職人たちも二の足を踏んでいるのかも知れませんね」

「何をぬかしやがる」

苦笑した平造親分は宗次を促して、調理場の前に拵《こしら》えられた横に細長い台（今で言うカウンター）の前に腰を下ろした。

台の上には酒が入った大徳利《おおどつくり》が何本も並んでいる。

大徳利の首には酒の産地が書かれた札が掛けられている。

主人《あるじ》の角之一が、ぐい飲み盃《さかずき》を宗次と平造親分の前に置くと、親分は「近江《おうみ》」の札が下がった大徳利に手を伸ばした。

「冷酒《ひや》で宜《よろ》しいんですかい親分」と、角之一。

「かっかした頭には冷酒《ひや》だ。肴《さかな》は何でもいいや」

「へいへい……今日は少し御機嫌《ごきげん》斜めなようで」

「いいから角《かく》さん、早く肴だよう」

平造親分は顔をしかめながら宗次のぐい飲み盃を満たし、そのあと天井を仰いで小さく溜息《ためいき》を一つ吐《つ》いてから、自分の盃にも酒を注《つ》いだ。

大徳利が、トクリ、トクリ、と綺麗《きれい》な音を立てる。

「なるほど、それで徳利か」

と一人呟《つぶや》いてから、平造親分はぐい飲み盃を手に取った。

「そいじゃあ宗次先生」

「今日も一日お疲れ様親分」

「先生も」

二人は一気に飲み干した。「うめえ」と親分が舌を打ち鳴らす。

宗次は、今度は自分が大徳利に手を伸ばしながら、平造親分の耳元へ少し顔を近付けて囁《ささや》いた。

「難しい事件でも？」

「うん、まあな」

「殺しですかい」

「いや、酷《むご》い事件などではねえんだ」

「ほう……にしてはえらく苛立《いらだ》っていなさる」

「全く手がかりが無くてよ先生」

「殺しでなきゃあ、火付盗賊？」

「うん。火付じゃねえが、ま、盗賊……いや違うな。盗みでもねえし」

「なるほど、盗賊やこそ泥じゃあねえが……何処《どこ》かで何かが無くなった？」

「相変わらずだな。宗次先生の勘働きの鋭さは」

「よかったら詳しく話してくんない」

「いや。隠密《おんみつ》に探索《たんさく》しろ、との厳しい御達しだ。いくら気心知れた宗次先生にでも、話せねえ」

「御奉行の御達し？」

「おうよ」

額《ひたい》を近付け小声で話し合う二人の前に主人《あるじ》の角之一が、煮付けた飯蛸《いいだこ》の小鉢を置いた。

「どうしなすったい。宗次先生も平造親分も元気がござんせんねえ」

「角さん。すまねえが、ちょいと二人きりで話をさせてくんねえ」

「これは失礼親分。気が利きませんで」

角之一が調理場の奥――と言っても大した広さじゃないが――へ退《さ》がろうとした時、「ごめんよ」と威勢のいい声と賑《にぎ》わいが『しのぶ』に飛び込んできた。

仕事道具を肩にかついだ大工、左官、鳶《とび》の八、九人だった。

「あ、これは宗次先生に平造親分」

「よう、若棟梁《わかとうりょう》。晴れ晴れとした顔だが何かいい事でもあったのかえ」

宗次が直ぐに返した。

「へい。今日で新築長屋の一区切りがつきましたんで」

「それは目出《めで》たい。角さん、二升《しょう》ばかし若棟梁の席へ回してやってくんない」

「これは先生。申し訳ござんせん」

他の職人たちも、それぞれ宗次に礼を言って、店の中が一段と賑《にぎ》やかになったところへ、また四、五人の商人風が訪れた。

角之一が平造親分と顔を合わせ、「招き猫ですよ親分は」と片目をつむって笑って見せた。

宗次と平造親分の額が、再び間を詰める。

「御奉行から隠密探索の厳しい御達しが出たという事は、何処かで何かが無くなった、その何処か、が訳ありなんですな親分」

「ま、そうだがよ宗次先生。話はこの辺で打ち切りやしょうや」

「ご存じのように、この浮世絵師宗次は、御蔭《おかげ》で江戸市中のあちらこちらに出《で》張《ば》らせて貰っておりやす。何ぞ探索の役に立つ噂《うわさ》なんぞが耳に入ってくるやも知れやせん」

「あ……」

「だから親分。私《あっし》を信じて、もうほんの少し事件のかたちを聞かせてくんない」

「他に漏らさねえと約束するかえ」

「私《あっし》が口軽じゃねえ事は……」

「判《わか》っている。ようく判っている……うん、よし。もう少し話すか」

「平造親分の役に立ちやす。一人走りは、決してしやせんから」

「いや、止《よ》そう。矢張《やは》り止そう。御奉行の御達しは守らなきゃあならねえ。それを破りゃあ、どんな御叱《おしか》りを受けることになるか……」

「そこまで言うなら、無理にとは言いませんや」

「心配ありがとよ先生。そのかわり何か、ん？　と首を傾《かし》げるような出来事なんぞを耳にしたら、この平造に伝えてくんない」

「判りやした」

「今宵《こよい》は俺の奢《おご》りだ。さ、飲みねえ先生」

「江戸市中の守りに体を張っていなさる平造親分に奢って貰ったりしたら罰《ばち》が当たりますさあ。私《あつし》が奢りますんで、どんどん飲みなすって」

「いいのかえ」

「いいも何も……さ、盃を空《から》にしなせえ」

「うん」

平造親分はぐい飲み盃を一気に空にすると、目を細めて「ご返盃《へんぱい》……」と宗次に差し出した。

三

宗次は翌日、晴れ渡った気持のよい秋空の下を、日本橋へ足を向けた。昨日開音寺で五枚もの小襖絵を買ってくれた油問屋清水屋へ礼を述べるためだった。今や五枚で百両はする宗次の小襖絵である。

清水屋が扱っている油は、畿内《きない》で生産されている菜種油《なたねあぶら》や綿実油《めんじつゆ》などの高級油であった。これらの油で明りを点《とも》すのは将軍、大名、旗本家などであって、庶民は大量に獲れる鰯《いわし》の臭い魚油を用いていた。尤《もっと》も、鰯の油を点すことの出来る庶民は、まだ恵まれている方で、明りを点す余裕の無い家庭は日が沈むと、ゴロリと横になるしかない。

油問屋清水屋では、灯油の他に櫨《はぜ》の木から採取される蠟燭《ろうそく》も手広く扱っていたから、まさに「明りの大店《おおだな》」だった。

宗次が昼九ツ前になって清水屋の近くまで来てみると、なんだか清水屋の様子がおかしい。店の前で顔なじみの手代頭《てだいがしら》や若衆、丁稚《でっち》たちが集まって、何やら途方《とほう》に暮れているように見える。

若衆や丁稚たちは竹箒《たけぼうき》や手桶《ておけ》などを持っているのだが、心ここにあらず、のようでそれらが動いていない。

「どうしなすったい和助《わすけ》さん」

宗次は手代頭の和助に後ろから声をかけた。

振り向いた和助が「あ、宗次先生。ようこそ御出《おいで》なさいまし」と、さすが大店の商人、直ぐに笑顔をつくった。

「何ぞもめ事ですかい？」

「い、いえ、なに。いま若い者《もん》に、もっと店の周囲《まわり》を要領よく綺麗にしろ、と叱っていたところでございますよ」

「そうですかえ。主人《あるじ》の玄三郎殿は、いらっしゃいますかえ」

「はい。どうぞ御入りになって下さい」

宗次は手代頭の和助に促《うなが》されて、暖簾《のれん》を潜《くぐ》った。

「これは宗次先生」

「御出なさいまし」

などと店の中で動き回っていた番頭、二番手代ほか幾人もの店の者が、明るい笑みを見せて宗次を出迎えた。

それらに短い挨拶《あいさつ》を返しながら、宗次は胸の中で（はて？……）と小首を傾《かし》げた。どうもいつもの店の雰囲気《ふんいき》とは違う、宗次はそう思った。

清水屋を訪れるのは無論、初めてではない。主人《あるじ》の玄三郎からは仏間の襖絵を依頼されているし、そんなこんなで付き合いは、もう三年近くになる。

とは言え、清水屋玄三郎が上方《かみがた》出身の商人で五十九歳、という程度のことしか知らない宗次だった。

それ以上のことは知る必要もない、と思っていたし、付き合いに全く不便などない、とも思っている。

清水屋玄三郎も宗次のことを、浮世絵師宗次としてしか知らない筈《はず》であった。小さな事なんぞを知るのは面倒くさい、そういう竹を割ったような性格だ、と宗次は清水屋玄三郎を見てきた。

手代頭の和助に案内されて、宗次は清水屋玄三郎の居間の前まで行った。

「旦那《だんな》様。宗次先生が御見えでございます」

「おお、そうかい。いよいよ仏間の絵を描いて下さるのだね。入って戴きなさい」

「はい。失礼致します」

和助が居間の障子を開け、宗次は「ご免なさいまし」と中へ入った。

「やあやあ宗次先生。ようこそ御出下さいました。ま、こちらへ」

「お忙しい御方と承知しておりながら、突然にお邪魔いたしました。ご迷惑ではございませんでしたか清水屋さん」

「なあに、忙しい身はお互い様でございます。宗次先生。さ、お座り下され」

「さいですか。それじゃあ……」

宗次の後ろで障子がそっと閉まって、障子に映る和助の影が居間の前から離れていった。

宗次は勧められた座布団の手前に腰を下ろし、大きな文机《ふづくえ》の向こうの清水屋玄三郎に対し両手をついた。

「このたびは清水屋さん、開音寺の私の個展に足をお運び下さいまして、誠に有難うございました。その上……」

「先生先生、堅苦しい挨拶は抜きにして下され。昨日《きのう》今日の付き合いではありませぬから」

「いいえ。五点もの小襖絵をお買い上げ下されました事に対し、心から清水屋さんに御礼の言葉を申し上げなければ罰が当たります。この通り感謝致します」

と宗次は深深と頭を下げた。

「宗次先生が、開音寺の施療院を支援する目的で開きなすった個展ですからな。清水屋玄三郎としても黙ってはおられません。油の商いでは清水屋に追いつき追い越そうとしている、両国《りょうごく》の唐津屋五郎造《からつやごろぞう》さんが四点も買ったと知っては、私としては大人しくはしておられませんよ先生。はははは っ」

「えっ、唐津屋五郎造さんは四点も？」

「おや。開音寺の妙庵禅師様からは、聞いておられませぬので」

「はい。この大店清水屋さんのことしか……」

「ははははっ。左様でしたか。禅師様はこの私、清水屋玄三郎の方を大事と見て下さったのですかな」

「そうかも知れませんねえ」

「宗次先生、そう遠くにおられず、さ、座布団の上に」

「それでは……」

宗次は座布団の上に移って清水屋玄三郎との間を詰めると、真顔を繕《つくろ》って切り出した。

「いきなりぶしつけな事をお訊《き》き致しますが、この清水屋さんに何ぞございましたか？」

「何ぞ……と申しますと？」

「いえね。店《たな》の雰囲気が、いつもとは微妙に違うのでございますよ。番頭、手代、若衆、丁稚の皆さん、誰もが明るい笑顔と言葉で私を出迎えてはくれましたが、それでも何だか違うのでございますよ。はて何かあったのかな？　という感じで」

「ほほう。店の者同士で、いざこざでもあったのですかな。あとで主人《あるじ》の私がよく調べてみましょう」

と、清水屋玄三郎の様子は、いつもと全く変わりはなく大店の主人《あるじ》らしく物静かで悠然たるものだった。

宗次が、（自分の思い過ごしであったのか……）と、首をひねる程《ほど》に。

「それよりも宗次先生。お頼みしてありました仏間の襖絵の件ですが」

「随分《ずいぶん》と遅れてしまいまして申し訳ありません。来月の頭あたりからでも始めさせて戴く積もりでおります」

「おう、いよいよ始めて下さいますか。これは誠に有難い。今や大名家、大身《たいしん》旗本家から引っ張りだこの宗次先生ですから、いつになるか、いつになるかと待ちに待っておりました。それでは兎《と》にも角《かく》にも手付の金を」

「いやいや清水屋さん、手付の金などは要《い》りませぬよ。絵が出来上がってからで結構ですから」

「左様ですか。では先生の仰《おつしや》る通りにさせて戴きましょう。ところで近頃、江戸市中の大店組合の間では、宗次先生がいよいよ大奥《おおおく》の襖絵をお描きなさるようだ、との噂が頻《しき》りでありますするが」

「根も葉も無い噂でございます。将軍家、大奥の絵については、御用絵師という立派な先生方がいらっしゃる。私の出る幕などありませんし、描きたいとも思いませんよ」

「そうですな。御用絵師という大きな勢力が存在しておりましたな。狩野《かのう》派とか土佐《とさ》派とか能司《のうつかさ》派とかいった……」

「いずれも大変な画才集団でありますよ。それぞれの流派の頂点に立つ狩野時《とき》信《のぶ》様、土佐華仙《かせん》様、能司広守《ひろもり》様などは画《え》の才能だけではなく、人物としても立派な絵師であると耳にしております」

「宗次先生も、そのうち御用絵師に取り立てられまするよ。確信をもって、この清水屋玄三郎言わせて戴きますぞ」

「清水屋さん。私が御用絵師に取り立てられることなどはありませぬ。また取り立てられたいという野心も全くありませんしね。私は町に埋もれる浮世絵師で結構。妖《あや》し絵描《え》きでも結構忙しい。近頃では清水屋さんから望まれましたように花鳥風月にも手を染めるようにもなりました。それで充分に恵まれております」

「そうですなあ。宗次先生は、大江戸という町にどっぷりと浸《つ》かった絵師、という姿の方が似合っていらっしゃるかも知れません。いや、その方が宜《よろ》しい。その姿の方が綺麗だ。けれども先生、言葉を飾らずに言わせて貰いたいのですが、先生は町人の絵師でいらっしゃいますかな?」

「はい、私は歴《れっき》とした町人浮世絵師ですが」

「どうも、宗次先生には侍の雰囲気《ふんいき》を感じるのですよ。それも下級旗本とか御家人といった程度のものではない、もっと上の位《くらい》の血筋の」

「よして下さいよ清水屋さん。私は町人も町人。貧乏長屋住まいがこの上もなく似合っている町人絵師でございますよ」

「ま、この清水屋玄三郎にとっては、どちらでもいい事ですがね。宗次先生は、宗次先生であって下されば、それで宜しいのです」

「はい、私は私でありますよ」

宗次はそう言って、はじめて破顔した。

「さて宗次先生、仏間に描いて下さる絵の雰囲気なんですがね……」

清水屋玄三郎は真剣な目つきになって、体を前に傾けた。

四

宗次は清水屋玄三郎に勧められるまま、信州《しんしゅう》蕎麦《そば》と灘《なだ》の酒を少しばかり馳《ち》走《そう》になって店《たな》を後にした。

次の行き先は、八軒長屋を出る前から決めてある。

午後《ひる》の秋空はちぎれ雲一つなく、どこ迄も真っ青に澄《す》みわたっていた。

「うーん、気持がいいのう」

宗次は、清水屋玄三郎から勧められた灘の酒でいささか火照《ほて》り気味な頰《ほお》に、秋の空気を心地《ここち》よく感じながら、南西の方角へゆったりと足を運んだ。

暫《しばら》く行くと、菓子の老舗《しにせ》『長崎屋《ながさきや》』が、通りの右手にある。

宗次は「お……」と立ちどまった。

その『長崎屋』から菓子折りらしい包みを手にして、清水屋の手代頭和助が出て来たのである。

そのまま急ぎ足で遠ざかろうとする和助の背に、宗次は「清水屋さん……」と声をかけた。

和助が足を止めて振り向いた。

「あれ、宗次先生。旦那様との絵の打合せはもう、お済みなさいましたのですか」

そう言いつつ足を戻して来る和助に、宗次は「ええ……」と応じて近付いていった。

二人は肩を並べて歩き出し、宗次はさり気なく切り出した。

「店のお使いですか和助さん」

「はい。旦那様のお言い付けで、これから増上寺《ぞうじょうじ》の門前町まで参ります」

「そうですかい」

「今日はゆっくりしておいで、と言われていますので訪ね先で泊めて貰います」

「清水屋さんの仕事関係先ですかい？」

「いえ。旦那様とは古い御知り合いの家なんですよ。増上寺門前町で飯屋《めしや》のような居酒屋のような小店をやっていた老夫婦なんですが、八十を過ぎた亭主の彦市《ひこいち》さんが二年前に卒中で倒れなさって店を閉めましてね」

「それは、お気の毒に」

「以来、清水屋の手代以下丁稚までが月に一度、交代で様子うかがいに出向いているんですよ」

「そいつあ、いい事をなさっている。商売には厳しいと言われている清水屋玄三郎殿だが、心の優しい御方なんですねえ」

「誠にもって、心優しい主人《あるじ》だと店の誰もが思っております。なにしろ、その老夫婦の生活の面倒まで見ているのですから」

「聞いていて、気持のよい話だ。老いて病《やまい》に倒れた人にどのように接すべきか、ということを清水屋玄三郎殿は、店の皆に教え込んでいなさる事にもなりやす」

「大番頭さんも、そのように言っておりました」

「ところで和助さん……」

「はい」

「今日の清水屋さんの雰囲気。この宗次には矢張り気になりやす。何かあったのではありませんかい」

「………」

「図星でござんすね。いま表情が動きなすった。何があったんです和助さん。私《あっし》は清水屋さんと付き合うようになって、もう三年になるんですぜい。なんだか心配なんでさ。つまらねえ一介の浮世絵師に過ぎない私《あっし》だが、打ち明けておくんない。お店《たな》に何かありましたねい」

「宗次先生のことを、一介の浮世絵師、などとは思っておりません。こうして一緒に歩いて話せるだけでも、大変に光栄であると思っています。私の方こそ、清水屋の一介の手代でしかありませんから」

「一介でも二介でもいいやな。これから清水屋さんの仏間の襖絵を描く事になっている、この宗次なんだ。さ、何があったのか話してくんねえ。誰にも漏らしたりはしやせんから」

「本当に誰にも漏らさないと、約束して下さいますか」

「約束しますよ。口が固いことで知られる浮世絵師宗次なんだ」

「実は……」

「うん」

「金です。金が無くなったんです」

「金蔵《かねぐら》の金、全部が？」

「とんでもありません。清水屋の金蔵の錠前《じようまえ》は、そう簡単には開けられません。無くなったのは、日常の商《あきな》いの出し入れに用いられております帳場蔵《ちようばぐら》の金です」

「帳場蔵？」

「はい。大番頭さんから三番番頭さんまでが座っている帳場の裏側、厚い壁一枚隔《へだ》てた裏側に小部屋ですが頑丈《がんじよう》な造りの帳場蔵というのがありまして」

「なるほど……」

「その帳場蔵には、仕入・支払・掛売など商いの決算に関する重要な帳面の他に、日常の商いに欠かせない〝帳場金〟というのが六百両ばかり保管されております」

「ほう、大金だ」

「大金ですが、ま、清水屋から見れば、〝日常の商い金〟でしかありません。その六百両が昨夜《ゆうべ》の内に無くなったのです」

「大事件じゃありませんかい和助さん。御奉行所へ届けなすったんで？」

「旦那様が、無くなった物《もん》は仕方がない、と……」

「それで終わり？」

「はい。御奉行所へは届けておりません。旦那様も大番頭さんも、届ける必要はない、と淡淡《たんたん》となさっておられます」

「驚いたねえ。六百両も無くなったというのに……で、帳場蔵へ入る資格があるのは誰と誰なんで？」

「旦那様から手代頭の私までが入れます」

「ということは、鍵《かぎ》は五本あるんですねい」

「そうです。一日の商いが終わりますと、その鍵は旦那様にお返しをして、翌朝また商いの開始と同時に私共に手渡されます」

「一日の商いを終えて、鍵を玄三郎殿の手に返す刻限は、いつも決まっているのですかい」

「日没前に取引様相手の外商《そとあきな》いが終わり、店を閉めたあと帳面の整理などの、いわゆる内商《うちあきな》いとなります。この内商いの済《す》むのが大体暮れ六ツ頃で、大番頭さんが二番番頭さん以下の鍵を集めて、旦那様にお返しします」

「玄三郎殿は、その鍵を何処《どこ》へしまいなさるんで？」

「さあ、それは私ごとき手代には判りません。大番頭さんなら知っておられるのでしょうが」

「と、なると六百両の金が無くなったと思われる前後に誰が帳場蔵へ入ったのかよく判らねえ、ということですな」

「丁稚が帳場蔵に出入りすることは許されておりませんが、古手の若い者《もん》なら番頭さんらの指示を受けて、帳面を取りに行ったり片付けたりの出入りはあります」

「帳場蔵へ出入りすることがある古手の若い者《もん》というのは、何人くらいで？」

「十二、三人はいましょうか」

「なるほどねえ。なにしろ清水屋さんで働く人の数は、恐らく五、六十人はいそうだから」

「旦那様を除いて五十九名でございます」

「それに、店で働く者が原因で六百両が無くなった、なんて事が決まっちまった訳ではないし」

「はい。店で働く者が原因で無くなったのでは、絶対にないと確信しています。皆、身元ははっきりしていますし、誰もが一生懸命によく働く善人ばかりですから」

「手代頭の和助さんがそう言いなさるなら、そうでござんしょ。間もなく和助さんは、四番目の番頭に就《つ》こうかと言われている人だ。仲間を見るその目は確かでござんしょ」

「そう言って戴けますと」

「おっと。増上寺門前町へ行きなさるなら、この辺りで右と左だ。気を付けて行って来なせえ。卒中の御年寄りを大切にね」

「宗次先生は、これからどちらへ？」

「下目黒《しもめぐろ》の養安院《ようあんいん》（安養院《あんよういん》ともいう）を訪ねるのですよ」

「あ、目黒不動尊《ふどうそん》の前の？」

「そう。養安院に私の親の墓があるもんで……」

「そうでしたか。では宗次先生も、今日は目黒にお泊まりですね」

「さあて、足の向くまま気の向くまま、でさあな」

「左様ですか。それでは宗次先生、私はここで失礼させて戴きます」

「いま聞いたことは誰にも漏らしやせんから、御安心なさい」

「宜《よろ》しく御願い致します」

手代頭の和助は丁重《ていちょう》に腰を折ると、足早に宗次から離れていった。

宗次は暫《しばら》くの間、和助の後ろ姿を見送った。和助が不意に振り向いたら、笑顔で小さく手を上げる用意は出来ている。

だが、和助は一度も振り返ることなく、その後ろ姿を次第に小さくしていった。

「和助じゃねえ事は確かだな」

宗次は呟《つぶや》くと、目黒不動尊のある方、南西の方角に向けて歩き出した。

日はまだ高いが、増上寺よりは遥《はる》かに遠方だ。

（今宵《こよい》は養安院の御住職と般若湯《はんにゃとう》でも酌《く》み交《か》わす事にでもなるのかねえ……）

などと思いながら、別れたばかりの和助の顔を脳裏に甦《よみがえ》らせる宗次であった。

五

白金《しろかね》通り右手にある松平讃岐守高松《まつだいらさぬきのかみたかまつ》藩下屋敷（現・白金台《しろかねだい》、国立科学博物館附属自然教育園）を過ぎる辺りから、緑豊かな美しい田畑が広がり出し百姓家が目立ち始める。

白金、目黒は江戸の田舎《いなか》で、農産物の貴重な供給地の一つだった。

その美しい田畑を踏み潰すようにして無秩序に建てられているのが、松平讃岐守、松平主殿頭《とのものかみ》、森伯耆守《もりほうきのかみ》ほか中小大名の幾つもの下屋敷だった。

宗次はゆったりとした歩みを止めることなく、空を仰いだ。

日は西に傾き出している。

この界隈《かいわい》の大きな武家屋敷が、どこの大名のものかについては、おおよそ承知している宗次だった。

「今日は矢張り養安院に泊めて貰うことになりそうだな」と、宗次は呟いた。

その養安院に、宗次の養父で稀代《きだい》の大剣客《だいけんかく》と言われた**揚真流**《ようしんりゅう》**兵法の開祖、梁伊対馬守隆房**《やないつしまのかみたかふさ》**の墓**があった。

今日は、梁伊対馬守の祥月《しょうつき》命日である。

松平讃岐守の広大な下屋敷を過ぎる辺りから、白金町は六軒茶屋《ろっけんちゃや》町、と名が変わる。

そして、この六軒茶屋通りの左右に沿って、百姓家と町家《まちや》が混在するいわゆる〝まち〟のかたちが続き出すのだった。

が、目黒不動尊の門前町はまだ少し先である。やがて見え始めるであろう目黒川に架かった石造りの太鼓橋《たいこばし》を渡って先、四、五町ほどは歩かねばならない。

「ん？」

宗次の歩みが、不意に止まった。その通り、不意であった。視線は町家と町家の間、路地の奥向こうに注がれている。

路地の奥向こうは田畑の広がりであり、その田畑を越えて直ぐの所に芳澤伊豆守《よしざわいずのかみ》桑津《くわつ》藩下屋敷があった。むろん宗次は、そうと承知している。

その下屋敷の、こちらに向いている表御門へ、いま一人の侍が近付いて行きつつあるのを、宗次は目にしたのだった。

「あの侍は確か……」

薬種問屋加倉屋を訪ねた侍である、と宗次は思い出した。

宗次は路地へ入って行き、奥の切れる所まで足を進めた。

青青とした秋野菜の豊作な畑が、実に気持のよい姿で彼方《かなた》にまで広がっている。

が、〝まち〟と桑津藩下屋敷に挟まれており、細長い形の青菜畑だった。つまり大名家の下屋敷が、それほど大きいという事である。

侍は宗次に見られているとは気付かず、表御門の脇門（潜り門）を叩《たた》いて下働きらしい老爺《ろうや》に開けさせ、屋敷内へ消えていった。

「芳澤伊豆守様の家臣であったか……それにしても、ここ白金目黒の田畑の景色は絵のように綺麗だのう」

宗次は暫《しばら》くの間、田畑の景色に見とれた。

「いま屋敷へ入った〝馬鹿〟に何ぞあったのかね」

後ろから不意に声をかけられて、宗次はゆっくりと振り返った。力ない足音——というより気配——が背に近付きつつあることは感じ取っていたから、振り向いた宗次の表情は穏やかで優しかった。べつに驚いてはいない。

直ぐのところに、真っ白な髪の小さな老婆が杖《つえ》を手に立っていた。少し笑い気味に開いた口から覗《のぞ》いているのは残り少なくなった下歯と、一本の歯も残していない上の歯肉だった。身形《みなり》は、ぼろぎれで体をくるんだように貧しい。

「いや、青青とした田畑と向こうの武家屋敷との組合せが、絵を見るように綺麗だなあと思ってね」

すると老婆の鼻がフンと鳴って、笑い気味だった唇が閉じられた。

「あんた、目黒村の者《もん》じゃないね」

「いや、かつては目黒村に住んでいたよ婆《ばあ》ちゃん。これから親の墓がある養安院を訪ねようと思ってね」

「あ、そうだったんかえ。親の墓が養安院さんにね」

と、老婆の表情が緩んだ。養安院にさんを付したことから、生まれた時から目黒村に住み、養安院を敬《うやま》ってきたのだろう。

「屋敷へ入った〝馬鹿〟と言ったところを見ると、婆ちゃんはどうやら、向こうに見える芳澤伊豆守様の御屋敷が余り好きじゃなさそうだね」

「威張《いば》るんだよ。馬鹿殿様が……」

「馬鹿殿様？」

老婆の吐き捨てるような言葉に、思わず首を傾《かし》げそうになった宗次だった。

桑津藩主芳澤伊豆守直正《ただまさ》と言えば、宋学《そうがく》（朱子学《しゅしがく》）の研究者としても知られ、また有職故実《ゆうそくこじつ》の研究者としても幕府の信頼厚い譜代《ふだい》の大名であった。その心や行ない極めて高潔である、と大名旗本家へ浮世絵師として出入りする事が少なくない宗次は、幾度か耳にしてもいる。

「芳澤伊豆守様が馬鹿殿様とは、とても思えないがねえ婆ちゃん」

「馬鹿は伊豆守様じゃないよ。若様だあよ。馬鹿若様」

「いや。伊豆守様と御正室との間に生まれた御嫡男《ごちゃくなん》は直義《ただよし》様といってな。この若様も大層に文武に優《すぐ》れた御人だと言われておるぜ」

「じゃあ、次男坊とか三男坊だあな」

「ところが伊豆守様と御正室との間には、御嫡男直義様と二人の姫君しか生まれていねえ筈《はず》だ。それに高潔な御人柄の伊豆守様には、側室はいねえようだしよ」

「ふうん。じゃあ一体誰なんじゃい。あの下屋敷で、若殿だ若殿だと肩を怒らせているのは。百姓で畑仕事をしている若い嫁や娘に近付いては、気色《きしょく》悪い色目でなめるように見回しよってな。皆、怖がっとる」

「はあて、面妖《めんよう》なことだぜ……桑津藩には直義様しかいねえ筈の若様が、下屋敷にもう一人いるなんざあ……思い違いじゃねえのか婆ちゃん」

「思い違いか何か知らんけど、あの下屋敷にいる馬鹿侍が周りから若様若様ともてはやされ、肩を怒らせてこの辺りを歩き回っては若い女に色目を流しとるのは確かな事じゃから」

「なるほど……で、若様若様ともてはやしている周りの者というのは？」

「よく五、六人の侍が、馬鹿若様に付き従っとるわ」

「浪人？」

「うんにゃ。きちんとした身形《みなり》の侍でな。ありゃ家臣じゃろ」

「そうかえ。ま、村の若い女は、日が落ちる前に田畑から引き揚げさせた方がええな」

「三月《みつき》ほど前から村の者《もん》で申し合わせて、そうしちょる」

「それがええ、それがええ。じゃあ婆ちゃん、俺、養安院へ行かねばならんので」

「これから一気に足元が暗くなるから、あんちゃんも気い付けてな。十日ほど前の夜、この先の岩屋《いわや》弁天そばで辻斬りが一件あったからよ」

「なにっ」

それまで物やわらかだった宗次の目つきが、その一瞬、凄《すご》みを覗《のぞ》かせた。

「一体《いってい》誰が斬られたんでえ」

「旅の浪人夫婦が」

「二人とも？」

「二人とも袈裟《けさ》斬りだと。村役人がそう言うてたけんど」

「酷《ひど》いことしやがる。町奉行所の役人たちは動いているんだろうな」

「うん。今日は北町奉行所から二、三人の同心が来ている筈だよ」

「そうかえ、来ているのかえ」

「なもんで、急ぎなされ。そんでもって西日が少しでも残っている内に帰らんと」

「そうだな。有難うよ婆ちゃん」

宗次は老婆の横を、擦《す》り抜けるようにして歩き出した。

〝まち〟を抜けて目黒川に架かった太鼓橋《たいこばし》を渡ると、通りの右手も左手も見渡す限り青青とした田畑だった。

「今年は実り豊かなようだなあ」

百姓たちの苦労を思って、よかった、と心底から想う宗次だった。

目黒不動尊の鬱蒼《うっそう》たる森は、その田畑の彼方、左手方向にもう見えている。

その森の手前に大小の屋根の連なりが南北に長くあって、それが目黒不動尊の門前町だった。

目黒不動尊は江戸鎮護《ちんご》の五不動の一つで幕府の保護厚く、富くじが許されて人気があることでも知られていた。御不動様へのお参りだけではなく、富くじがある時はそれを買う目的の遠方からの人出などで一層のこと賑《にぎ》わう。

いわば大江戸の民百姓、侍たちの人気行楽地の一つとして、門前町は発達してきた。

旅籠《はたご》茶屋も飯盛女《めしもりおんな》も揃っているから、渡世人《とせいにん》もいる。

祭りも縁日露店も盛大で、だから強力な香具師《やし》の組織も出張っている。

宗次は、門前町に挟まれた下目黒町へと入っていった。西日が深く傾いてはいても、門前町にはまだ人通りは消えていなかった。だから一膳飯屋《いちぜんめしや》も飲み屋も茶屋も汁粉屋《しるこや》も、表の軒下に提灯《ちょうちん》を吊るし始めている。

そう。ここは日没後暫《しばら》くは人出が絶えることが無い。

「あら宗次先生、こんな刻限にお墓参り?」

飲み屋『こねこ』に下がった薄暖簾《のれん》の下から、提灯を手に表に出て来た中年の女が宗次に笑顔を向け声をかけた。

「や、女将《おかみ》。途中で用があったんで、こんな刻限になっちまったい」

「そうかね。この刻限じゃあ、今夜は養安院さん泊まりかえ」

「うん。そうなるかもな」

「気が向いたら来ておくれな」

「わかった」

顔なじみの女将に軽く右手を上げて見せ、宗次は下目黒町を少し急いだ。

だが幾らも行かない間に、「よ、宗次先生じゃねえかい」と野太い声が掛かった。宗次は振り向いて、「やあ、銀《ぎん》ちゃん久し振り」と笑った。

凄みのある面相の三十前後が、禁じられている長脇差《ながどす》を腰に二人の若い者《もん》
——丸腰——を従えて立っていた。鬼瓦《おにがわら》みたいな顔が笑っているのだから、ちょっと気色が悪い。

この男、門前町でやってはならぬ賭場《とば》を張っている一本杉の銀吉《ぎんきち》といった。

親分と言う程の子分は抱えておらず、張っている賭場も小さく、いわゆる「門前町の不良」といった程度の男だ。

この一本杉の銀吉とは、飲み屋『こねこ』で親しくなった宗次だった。

酒が入ると実に面白い話をする男で、背負っている不良の影が消えてしま

い、酒を飲んだ時の銀吉の評判は不思議と悪くない。

しかし、昼間の銀吉は不人気だった。荒い喧嘩《けんか》もすれば脅《おど》しもするで、鼻つまみ者だった。そのくせ年寄りや女子供には心優しいときているから、「なんだか、よく判らねえ奴《やつ》だ」と困惑《こんわく》する者が少なくないときている。

「今夜も何処ぞで隠し賭場を張るのかえ銀ちゃん」

宗次が訊《たず》ねると、一本杉の銀吉は慌《あわ》てたように宗次との間を詰めた。

「困るじゃねえか宗次先生よ。もっと小声で言っておくんなさい。それに今日は北町奉行所の役人が三人も出張《でば》って、その辺でうろうろしているんだからさ」

「お、そうかえ。それはすまねえ」

「宗次先生は一度も儂《わし》の賭場に顔を見せてくれやせんね。一度くらい訪ねて下せえよ。なに、金は一銭も要《い》らねえやな。遊び気分でいいからよ」

「嫌だね、私《あっし》は賭け事は大嫌いだ。張る奴も好きになれねえな」

「人間には一つや二つ薄暗い部分がないとさあ。天下一の浮世絵師の名が泣きやすぜ先生」

「そんなもんかね、泣くかなあ。いや、泣かねえよ」

「泣きまさあ、先生が顔出してくれりゃあ、賭場頭《とばがしら》としてのこの銀吉の顔も立ちやす」

「なんだ。自分の顔を立てたいってんで、私《あつし》の名を利用する肚《はら》かい」

「またあ、きつい事を言いなさる」

と、この一本杉の銀吉、どういう訳か宗次のことを大層気に入って、何を言われても笑顔を絶やさない。おそらく腹の底からの「悪人」ではないのだろう。

「今日は墓参りだ。これで失礼するぜ銀ちゃん」

「あ、墓参りだったか。こいつあ、足を止めてしまって悪かったたい」

「じゃあな」

「『こねこ』でまた派手に一杯やりましょや先生」

「承知した。それなら付き合うぜ」

宗次は一本杉の銀吉から足早に離れた。

六

八十二歳で大往生《だいおうじょう》した揚真流《ようしんりゅう》兵法の開祖、**従五位下《じゅごいのげ》・梁伊対馬守隆房**の墓は養安院の奥まってひっそりとした一隅にあった。浮世絵師宗次にとって養父であるこの稀代の大剣客の墓石は、その質実な性格の通り見逃してしまうほどに小さい。

（父上、夕暮れ時の無作法なる墓参り、なにとぞお許し下され……）

宗次は両手を合わせ、胸の内で語りかけた。剣法、槍術《そうじゅつ》、柔術《じゅうじゅつ》、馬術、手裏剣術などを養父から厳しく伝授された宗次は、**絵は養父と親交があった御用絵師住吉如慶《すみよしじょけい》**（一五九九年～一六七〇年）から、**朱子学**は藤原惺窩《ふじわらせいか》（一五六一年～一六一九年）を学祖とする「**京学派**」について徳川家康《とくがわいえやす》の侍講《じこう》として仕えた**林羅山《はやしらざん》**（一五八三年～一六五七年）**の高弟**から学んだ。

この頃の朱子学は、京都で起きた「京学派」の他に、尊王《そんのう》論を強調する「**南《なん》学派《がくは》**」（山崎闇斎《やまざきあんさい》　一六一八年～一六八二年）、尊王攘夷《じょうい》論に大きな影響を与えた「**水戸《みと》**

学派」（徳川光圀《みつくに》　一六二八年〜一七〇一年）の**三派を主流**とした。

なかでも「京学派」は、君臣・主従関係を封建《ほうけん》支配論でくるんで重視する姿勢が強く、徳川幕府から「時の政治・道徳学として極めて有益」と認められた。

（父上、父上は私が何処に出ても恥をかくことのない人間に育つようにと、力を尽くして下さいました、私の今ある静かな自信は、全て父上のお力によるものです。感謝に堪《た》えません。かなうものなら、もう一度……もう一度父上にお会いしたい）

両手を合わせ、目を閉じる宗次の目尻に、小さな涙の粒が浮かんだ。

圧倒的な影響を養父梁伊対馬守隆房から受けたと自認してやまぬ宗次は、こうして養父の墓の前に立つと決まってこみ上げてくるものを抑えられなかった。

宗次ほどの男が、である。心の底から養父を尊敬してきた宗次だった。

養父はそれほどの大剣客、いや大人物であった。

（父上と交流厚かった今は亡き住吉如慶先生から長く絵を学んだことで、私は浮世絵師として一人立ち出来ております。また先頃、大奥の襖絵二十枚を描く話が御老中筋より持ち込まれました。これは即座に、多忙を理由としてお断わり致しましたが……）

そこまで語りかけて、宗次は合掌《がっしょう》を解き、面《おもて》を上げた。

日本橋の油問屋清水屋玄三郎が宗次に対し口にしたことは、やはり間違ってはいなかったのだ。

亡き養父に近況を語り終えて、宗次は住職には会わず、養安院を後に下目黒町へ出た。

日は既《すで》に西の空低くに隠れ、空一面に茜色《あかねいろ》が広がっていた。

通りを南へ少し行って右に折れると、目黒不動尊に突き当たる。

しかし宗次は、目黒不動尊へは足を向けず、通りを来た方角へ戻り出した。

墓参りを済ませてホッとした宗次の頭に、「帳場蔵にあった〝日常の商い金〟六百両が昨夜の内に無くなった」という、清水屋の手代頭和助の言葉が甦《よみがえ》っていた。

六百両という額は、庶民が一生懸命に働き通しても生涯お目にかかれない額だ。

その大金が帳場後ろの蔵から忽然《こつぜん》と消えたというのに、主人《あるじ》の玄三郎は「無くなった物は仕方がない。奉行所へ届ける必要はない」と、店の者たちに言い渡したという。

「確かに清水屋くらいの大店ともなれば、六百両なんぞ〝日常の金〟なんだろうなあ」

呟《つぶや》いて腕組をしながら歩く宗次だった。

秋は日が落ちると、暗くなっていくのが早い。それでも目黒不動尊、養安院、成就院《じようじゆ》、長徳寺《ちようとく》、威得寺《いとく》などを抱えている下目黒町の門前町は、まだ人通りが消えなかった。

が、岩屋弁天の前辺りまでくると、さすがに人の通りは減っていて、赤黒い夕空の下、なんとなく心細さに見舞われる。

この岩屋弁天の前を右へ折れて二町ばかり戻ると、目黒川に架かった太鼓橋だ。

宗次は立ち止まって、あたりを見回した。

（六軒茶屋町の婆ちゃんは、十日ほど前の夜、岩屋弁天そばで辻斬りがあった、と言うてたが……）

そう思いつつ宗次は岩屋弁天へ入って行こうとして、ふと体の動きを止めた。

「おや、宗次先生じゃねえかい」

こちらの様子をうかがうように、腰をやや前かがみにさせ薄暗くなった岩屋弁天から現われたのは、〝泥鰌《どじょう》のジゴロ〟の異名を持つ、北町奉行所市中取締方筆頭同心飯田次五郎《いいだじごろう》だった。

「これはまた飯田様、思いがけない所でお目にかかります。事件ですかい？」

「それより宗次先生は、どしたい？　用あり気《げ》に辺りを見回していたが」

「いやなに、この先、六軒茶屋通りの住人から、岩屋弁天そばでこの前辻斬りがあった、と聞いたもんですからね」

「それだよ。ちょうど今、宗次先生が立っている辺りが、その辻斬り現場でな……」

と言いつつ、飯田次五郎は宗次に近寄ってきた。

「この辺りでですかい」と、宗次が自分の足元に視線を落とす。

「おうよ、酷《むご》い殺し様でな。まるで膾《なます》切《ぎ》りだあな」

「斬られたのは旅の浪人夫婦だとか」

「夫婦とも四十半ばくらいかな。身元ははっきりしねえが、所持していたものなんぞで、夫婦であることだけは確かめられた。何か盗《と》られたものがあるのかどうかは判《わか》らねえ。二人とも一刀のもとに袈裟《けさ》斬りにされていてよ。下手人は相当な手練《てだれ》と見ていいだろう」

「浪人は抵抗していませんので」

「刀を一寸ばかり抜いたところで、その右腕もろとも袈裟斬りにされておった」

「それはまた凄《すさ》まじい」

「で、若いが腕利きの同心二人と目明し三人を連れて、やって来たって訳よ。いま三方に散って見回っているんだが、今夜は夜通し見回りって事になるだろうな」

「平造親分も来ていなさるんで？」

「いや、平造は日本橋界隈《かいわい》で起こったちょいと面倒な事件にかかりっきりだ。それよりも宗次先生はなんでまた目黒へ？」

「養安院に見知った者の墓がありますもんで、たまには参らなきゃあと……」

「お、そうだったのかえ」

「おっつけ暗くなりやす。見回り充分に身辺お気を付けなさいまして」

「有難うよ。近いうち『しのぶ』で一杯やりてえな」

「落ち着きやしたら、お声をかけて下さいやし」

「そうだな。じゃあ、ここで別れようかえ」

「へい」

宗次は、岩屋弁天の暗がりへと、また戻って行く飯田次五郎の後ろ姿を見送った。

「見回りの最中に何事も起こってくれなきゃあいいが」

呟《つぶや》いて、宗次は飯田次五郎の身を心配した。宗次が絵に描いてやった五歳の一人娘がいる、飯田であった。飯田の妻はこの子を生み落としたあと、亡くなっている。

以来、男手一つで、飯田同心はこの一人娘を手塩に掛け大切に育ててきた。絶対に殉職《じゅんしょく》なんかあっちゃあならねえ人だ。宗次はそう思っている。

宗次は太鼓橋の方へは戻らず、北西の方角へゆったりと足を進めた。

幾らも行かぬうちに、通りは東西に走る田圃道《たんぼみち》に突き当たる。

その辻の左手角にあるのが、大同《だいどう》元年（八〇六年）に造立《ぞうりゅう》されたと伝えられている「目黒のお酉《とり》様」大鳥《おおとり》神社だった。

宗次は立ち止まって闇が近付きつつある黒々とした神社の森を眺《なが》めた。目黒の地に幾度訪れても懐しく感じる神社の森である。

幼い頃から元服《げんぷく》する迄の間、養父梁伊対馬守隆房に連れられて、よく訪れた神社であった。とりわけ沢山の露店が並ぶ秋の〝酉の市〟は、宗次にとっては大きな楽しみだった。物心つく頃から養父のもと、厳しく激しく武道兵法と学問の修業研鑽《けんさん》を積んできた宗次であったが、〝酉の市〟の日だけは養父から小遣いを与えられ、神社境内《けいだい》で〝自由〟を与えられた。

この日ばかりは、目を細め笑みを絶やさなかった養父の顔を、宗次は今もはっきりと記憶している。

思い出すだけで、熱いものが込み上げてくる。

「父上……あの頃が……もう一度訪れてほしいと思います」

ぽつり、と呟く宗次であった。

このとき「あら、お前様……」と澄《す》んだ綺麗な声が、やや控え目な感じで宗次の背後に生じた。

宗次は振り向いて少し驚いた。

「お幸《こう》、どうしたんでえ。こんな夕闇時に」

士農工商を問わぬ江戸の男共が「一度でもいいから指先一本だけでも軽く触れさせて欲しい」と強く憧《あこが》れている高級料理茶屋『夢座敷』の女将《おかみ》幸であった。「小野小町《おののこまち》を超える絶世の美女」と男共が口を揃え、その姿を見かけただけで男共は其《そ》の場にへたり込んでしまう、と言われてきた女《ひと》である。その幸が、杖《つえ》がわりに見せかけた棒を手にした百姓身形《みなり》の若者二人を従えて、直ぐそこに立っていた。

幸は宗次に近寄った。

「父利左衛門《りざえもん》が風邪《かぜ》をこじらせ、症状がかんばしくないと知らせがあったものですから、こうして迎えの者と一緒に急いで……」

「なに、それはいかんな。よし、では私も付き合おう」

「お宜《よろ》しいのですか。何か大事な御用で目黒へ参られたのではございませぬか」

「今日は亡き親父《おやじ》殿の祥月命日でよ。養安院へ参り終えたところだ」

「え……」と、幸の美しい表情が悲しそうに沈んだ。

「申し訳ございませぬ。そうとは気付きも致しませず、お墓参りのお供をすることが出来ませんでした」

「なに、それは仕方のねえ事だ。幸に、亡き親父殿の祥月命日を教えてはいねえからよ。気にするねい」

「でも……」

「いいから。さ、行こう」

宗次が促すと、幸は迎えの若い百姓二人に、先に行くようやわらかく命じた。

それでも二人の若者は、幸の警護を意識しているのであろうか、「でも……」

と渋った。

「この御人なら大丈夫ですよ。今をときめく浮世絵師の宗次先生ですから」

聞いて二人の若者は「あ……」という顔つきをすると、宗次に頭を下げ、急ぎ足で離れていった。

「利左衛門殿の風邪、大事に至らねばいいんだが」

「大丈夫です。父は日頃から丈夫な人ですから」

幸は宗次に寄り添い、二人は歩き出した。

「お父上様の次の祥月命日には、幸もお連れ下さいましね」

「うん、そうしてくれると、あの世で父も喜んでくれるだろう」

「本当に喜んで下されましょうか。私《わたくし》のような女《もの》が、お前様のお傍《そば》にいて」

「どういう意味なんでい」

「私は、お前様より三つも年上でございますもの。それに高級とは申しましても料理茶屋の一介の女将に過ぎませぬ」

「いつだったか言ったじゃねえか。お幸は誰が見ても二十歳《はたち》になるかどうか、くらいにしか見えねえとな。安心しろ。人柄、教養この上もなく輝いて、さらに恐ろしい程《ほど》の美しさ、怖い程の若さだ。自信を持ってほしいねい」

「本当に、お言葉通りに受けても宜しゅうございますか」

「おうよ。私の言葉を信じていい」

「はい」

幸は宗次の着流しの袖口《そでぐち》を軽く摑《つか》むと、いとしい男《ひと》の横顔に涼しい視線を流した。

幸に対する宗次の口調は、いつもの通りの、べらんめえ調であった。不自然さも力みもなかった。

幸の受け応えも、また極めて自然であった。

お互いに素性を深く知り合った仲である。だが、二人は男と女の仲にはまだなってはいなかった。幸が宗次に触れさせたのは、その濡れたように朱の色が妖《あや》しい唇だけ。

今の宗次は幸が、目黒村で苗字《みようじ》帯刀を許された大庄屋、疋田《ひきた》利左衛門の三女であることを知っている。

そして今の幸もまた、宗次の余りにも宿命的な生まれ、育ちを知っていた。

宗次の実の名は徳川宗徳《むねのり》。実父は尾張《おわり》藩二代目藩主徳川光友《みつとも》、生みの母は豊臣《とよとみ》秀吉《ひでよし》の側室淀君《よどぎみ》を祖母と仰ぐ咲姫《さきひめ》。つまり淀君は宗次の曽祖母《そうそぼ》に当たるという驚くべき事実。その事実の悉《ことごと》くを宗次の口から知らされている幸であった。

「この目黒村では十日ほど前の夜、辻斬りがあったそうでございます。前を行く迎えの二人がそう申しておりましたが」

「私もこの村の婆やから聞かされてな。岩屋弁天辺りで、旅の浪人夫婦が膾《なます》切《ぎ》りにされたと言うぜ」

「まあ、恐ろしいこと」

「北町奉行所の飯田次五郎様が、配下の同心をともなって出張《でば》っておられてな。少し前に岩屋弁天前で、偶然に出会ったよ。夜を通しての見回りになるとか、申しておられたね」

「大変な御仕事でございますね。飯田様には確か幼いお子様がいらっしゃったのではありませぬか」

「五歳の女の子がいる。それはそれは可愛《かわい》い子でよ。私が絵に描き上げて飯田様に差し上げると、飯田様は大粒の涙を流しておられた」

「飯田様はこの前の事件探索で重傷を負われ、死線をさまよった経験をお持ちでいらっしゃいましたね。あのような事は、もう二度と……」

「うむ」

「今宵も何事もなければ宜しいのですけれど……」

「辻斬りの下手人は、相当な手練《てだれ》と見られているようだな。全く怖いこった」

「まあ……手練ですか」

「帯刀を許された利左衛門殿の刀は、どのような刀なんでい」

「御公儀から授けられた小振りな、ごく普通の無銘の刀ではなかったかと記憶致しております。その他に、一家の安全と栄えを祈りまして、父は神田《かんだ》の刀《とう》匠《しょう》に依頼し、もう一振り自分で買い入れております」

「名は？」

「備前国《びぜんのくに》長船《おさふね》住《じゅう》長義《ながよし》二尺三寸四分六厘と、はっきり覚えておりまする」

「へえ。大変な名刀じゃねえか」

「でも、一家の安全と栄えを祈るための家宝として買い入れたものでございますから、父は神田の刀匠の手で、刃《やいば》をやわらかに丸めました」

「刃を潰したか。お幸の父親らしい優しい心構えだな」

「もしや、飯田様を御心配なされて、夜回りを手伝われるのですか。その備前国長船住長義を父からお借りなされて」

「場合によってはな……」

「でも、刃が付いておりませぬ」

「なに、辻斬りは、そうとは知らねえから」

「けれど斬り合いにでもなれば……下手人は相当な手練らしいと仰《おつしや》いました」

「まだ夜回りに出るとは決まっちゃいねえ。それよりも、風邪で床《とこ》に就《つ》いている利左衛門殿に初対面の私を、お幸はどのような言葉で引き合わせてくれるんでい」

「どのような言葉……と申されましても、お前様」

「お幸のように素晴らしい女性《によしよう》を娘に持った父親というのは、突然娘と共に現われた男に大層驚くぜい。きっと、あれこれ考え過ぎることになる」

「天下の浮世絵師宗次先生、ではいけませぬでしょうか」

「なぜ浮世絵師ごときが大庄屋の屋敷を訪れたのかと、余計に警戒するかも知れんなあ」

「なりゆきに任せまする。それに私の大切な御人を、浮世絵師ごとき、というような目で見るような父ではありませぬ」

「そうか……」

宗次は頷《うなず》いて微笑《ほほえ》んだ。

前を行く二人が足を止めて、手にしていた提灯《ちょうちん》二つに火を点《とも》し、宗次と幸が近付いてくるのを待った。

闇が下り出した田畑の向こうに、疋田利左衛門の武家屋敷かと見紛《みまご》う大庄屋の屋敷が黒黒と浮かんでいた。

七

床に就いてはいたが、思いのほか元気な目黒村大庄屋、疋田利左衛門であった。

幸は、宗次を徳川宗徳ではなく、『夢座敷』の上客の一人、浮世絵師宗次として両親兄妹などに引き合わせたが、「浮世絵師ごとき」というような態度を見せた家族は一人としていなかった。

それどころか、寝床の上に座った利左衛門などは「おう、あの御高名なる……」と、風邪を忘れての大喜びで、「今宵は飲みましょうぞ先生。酒じゃ、酒の用意をしなさい」と高ぶって、家族の誰彼に諫《いさ》められる有様だった。

小半刻《こはんとき》ばかり利左衛門の寝床を囲むかたちで、家族八人を加え雑談した宗次であったが、利左衛門の体調を気遣って幸を促し、別間に下がって二人きりとなった。

「父も母もあのように喜んで……私の思っていた通りでございました」

「私が目黒村泰叡山《たいえいざん》の小屋敷で、養父梁伊対馬守隆房に育てられていたと知れば、御両親は驚かれるだろうぜ」

「それはもう……でも、暫《しばら》くは浮世絵師のお前様でいて下さいまし」

「うん、それでいいだろう」

「お酒、お召し上がりになりますか」

「一本ぐれえならな。飯田次五郎殿と配下の二人が、妙に気になっているんでい。深酒は出来ねえ」

「では、直ぐに膳を整えさせましょう。今宵は、夜回りに出かけなされたとしても、この屋敷に必ずお戻り下さいますね」

「そうさせて貰うぜ。が、幸は別の離れた部屋に泊まっておくれ」

「はい……仰せの通りに致しまする」

幸は、口元に綺麗な妖しい笑みを浮かべると、十二畳の座敷から下がっていった。

宗次は広縁《ひろえん》に立った。まだ雨戸は閉じられていない。

手入れの行き届いた広い庭には幾つかの大きな石の灯籠《とうろう》があって、大蠟燭《おおろうそく》に火が点されていた。

(大庄屋疋田利左衛門の配慮が、田畑や百姓家の一軒一軒に行き届いているのか、この村は実り豊かで落ち着いている)

宗次は、そう感じていた。

それだけに、桑津藩主芳澤伊豆守直正の下屋敷の不評が、気がかりだった。

(下屋敷にいる〝若様〟とやらは、一体誰を指してのことなのであろうか)

宗次は「高潔な人物」で通っている芳澤伊豆守の隠し子であろうか、と想像した。しかし大名たるもの、側室を置いても当たり前とする風潮が今以《いまもっ》て健在であるから、隠し子でうろたえる筈《はず》はない。事情により正室の子以外が大名家の後継者となる例も、決して少なくはない。

幸が広縁を、こちらへ戻ってきた。一振りの刀を着物の袖《そで》に包むようにしている。

宗次は座敷に入って、床の間を背に座った。

「備前国長船住長義でございます」

「どのように利左衛門殿に言って承知して貰ったんだ」

「父は眠りに入っておりましたゆえ、母の許しを得ました」

「何と言うて……」

「お許し下されませ。お前様のお血筋について、正直に打ち明けてしまいました」

「なに……」

「母は大層驚いておりました。そしてこの事は『私だけが知っておくことにしましょう』と言ってくれました。母の胸の内から父に対してさえ漏れることはありませぬ。どうか母を信じて下さいませ」

「そうかい……そうだな。備前国長船住長義ほどの名刀を持ち出すとなると、いくら実の娘の幸であっても、親を欺《あざむ》いては持ち出せまいよ」

「母はこれからも、お前様のことを、天下一の浮世絵師として眺め接していく、と申してくれました。家名絶えた小旗本家から疋田家へ嫁《とつ》いだ、芯のしっかりとした母でございます。お前様のお血筋については、母一人の胸にしっかりとしまい込まれましょう」

「うむ……すまんな、お幸」

「さ、手にお取りになり、御覧になって下さりませ。間もなく女中が膳を運んで参ります」

幸は刀を宗次の手に預けると、腰を上げて広縁に出、雨戸をなるたけ音立てぬよう静かに閉じ始めた。

刀の鞘《さや》を払った宗次は、刃に大行灯の明りを当てて見入った。

「さすが備前国長船住長義。刃を潰したとは言え、そのようには見えねえぜ」

刃文《はもん》大乱れの刀身は、雄大にして優美かつ重厚であった。

さすが白根安生《しらねやすなり》を祖とする備前鍛冶《びぜんかじ》、と宗次は思った。日本刀の黄金時代を築き上げたのは、後鳥羽《ごとば》上皇の御番鍛冶《ごばんかじ》「一文字《いちもんじ》刀匠」であるが、備前鍛冶の祖、白根安生はそれより二百年以上も古い。

一文字刀匠の先頭に立っていた、則宗《のりむね》作の刀などは、沸《に》え出来《でき》の小乱れ、つまり古備前の作風をまだ色濃く漂わせていた。

この一文字則宗は、邑久《おく》郡福岡《ふくおか》（現、岡山県瀬戸内《せとうち》市長船町福岡）に住んでいたことから、則宗一派をやがて「福岡一文字」派と呼ぶようになり、以降、名刀匠を次次と誕生させることとなる。

幸が宗次の前に座ったところへ、二人の女中が膳を運んできた。

「ご苦労様」と、幸に言われて、年輩の方の女中が「お嬢様の分もお運び致しました。奥様から、そうするようにと言われましたので」と応じた。

宗次は、名刀を鞘に収め、鯉口《こいぐち》をパチッと小さく鳴らした。

二人の女中が座敷から出ていくと、幸の表情が不安そうに曇った。

「ひと斬れぬその刀で、どうしても夜の闇へお出かけなさいますの？」

「飯田様がいやに気がかりなんだ。私が絵にした、あの可愛い幼子《おさなご》を、父無《ててな》し子にする訳にはいかねえ。母が居ぬ子だから尚《なお》のことだあな」

「どうぞ、お気を付けなされませ」

「大丈夫でい」

「膳に一本付いておりますけれど、お飲みになりますか」

「せっかくだ。戴こうかい」と、宗次は名刀を脇に置いた。

「鈍《にぶ》りませぬか？」

「酒で切っ先がか」

「はい。いざという場合に」

「心配ねえよ」

「では、ほんの盃《さかずき》二杯程度に……」

幸の気遣いに頷《うなず》いて、宗次は盃を手にした。

傾けた徳利を一度だけ小さく鳴らし、幸が盃を酒で満たした。

「母が……」

宗次が盃を静かに口元へ運ぶのを見つめながら、幸が小さな声で言った。飲み干して幸を見返す宗次の表情が「ん？」となる。

「母が、幸にとって宗次先生は如何《いか》なる存在であるのか、と気に致しておりました」

「で、どう答えたんでい」

「誰よりも大切な御人です、と答えておきました」

「それで母殿はご納得されたかえ」

「はい、武家の出の母でありまするけれど、父利左衛門とは強く想い想われて夫婦《みょうと》になった女《ひと》でございますから」

「そうかい……強く想い想われてなあ」

幸は空になった宗次の盃を、また満たした。

「いつだったか申し上げましたように私は両親に無理を申して、『夢座敷』の前身でありました料理屋の権利を手に入れて貰いました。私の生涯について心配する母は、はじめ頑《がん》として反対し容易《ようい》には譲らなかったのですけれど……その店を亡くなった夫と力を合せ今の『夢座敷』に育て上げたのです」

「母とは、そういうものだろうぜ。私は母親を知らないがよ」

「それだけに、お前様のことを、誰よりも大切な御人、と告げたとき母は目を細めて優し気《げ》な表情を見せてくれました」

「それを聞いてホッとしたぜ。夫を亡くし、子も無い娘のことを、きっと心配していただろうからな」

「そろそろお食事になされませ」

「うん」

幸は宗次の碗《わん》に飯を盛ったが、自分の碗は伏せたままであった。

姿勢正しく、きちんとした作法で食事を進める宗次を、幸は黙って見守った。そう遠くない内に自分はきっとこの御人の子を産み大きな幸せに包まれることになろう、と思った。確信的な予感だった。

食事を終え、口中を清める渋茶を飲み終えると、宗次は刀を手に立ち上がった。

腰帯をヒョッと鳴らして、備前国長船住長義が腰に決まる。

宗次は誰にも気付かれることなく幸ひとりに見送られて屋敷の門を一歩出

た。

「お気を付けなされませ」

「明け方には戻ってくる、きっとな」

「寝ずにお待ちしております」

「お幸が気持を鎮《しず》めぬと母殿が心配される。いつも通りに眠っておくれ」

宗次は言い残して、幸からゆっくりと離れた。

月夜であった。しかも月はいつになく赤黄色い輝きを放っていた。不気味な色だ。

その月を見上げて幸は、「不吉な……」と呟《つぶや》いた。

宗次は屋敷の前を流れる小川に架かった橋を渡ったところを左に折れ、緩《ゆる》く右へ曲がって竹藪《たけやぶ》に入っていく道を、小川沿いに歩いた。

「それにしても……気になるぜ」

両手懐《ふところ》の宗次は呟《つぶや》いて、脳裏《のうり》に油問屋清水屋玄三郎の顔を思い浮かべた。

手代頭の和助の話では、帳場蔵から六百両もの大金が紛失したというのに、主人《あるじ》の玄三郎は「無くなった物《もん》は仕方がない……」と、奉行所へ届け出ようともしないという。

どう考えても不自然である、と宗次は思った。

「確かに大店《おおだな》清水屋にとっては、端金《はしたがね》には違いなかろうが……しかし大金だわな」

独り言を漏らしながら、宗次は竹藪へ入って行った。

月明りは夜風になびく竹と竹の間から地面にこぼれ落ちて、蛍《ほたる》が舞っているように見えた。だが今は秋、蛍はいない。それだけに、幻想的な小さな明りの舞いだった。

八

宗次は、辻斬りがあったという岩屋弁天の前まで来て足を止めた。

日が沈んでも人の通りがあった門前町だが、さすがにもう人の姿は絶えていた。岩屋弁天の木立《こだち》が「おいで、おいで……」をするかのように、風になびいて宗次の方へ御辞儀をしている。

「北町の同心たちは、どの辺りを回っているのかな」

呟《つぶや》いて宗次は岩屋弁天の前から離れ、威得寺の前を過ぎ、目黒不動尊の次の角を左へ折れた。いや、左へ折れるしかない通りだった。

このとき宗次は、かすかな音を耳にして立ち止まった。

宗次は耳を澄ました。

聞こえた。鋼《はがね》と鋼の打ち合う音だった。

宗次は目黒不動尊の森へ踏み入り、暗い中を走った。山門は大回りするかたちで南へどれ程《ほど》か行かねばならなかったが、そのようなことを言っている場合ではなかった。

宗次は密生する木立の枝に邪魔されながら、姿勢を低くして走った。小枝が彼の頬を引っ掻《か》き、額《ひたい》を叩いた。

また打ち合う音が聞こえてきた。一合……二合……三合。

宗次は月下の境内《けいだい》へ飛び出した。

身形《みなり》で同心と判る二人が、紫色の覆面《ふくめん》に紫の着流しという二人の侍を相手にしていた。地面に同心一人が倒れている。

少し離れて、上下やはり紫ずくめの侍がもう一人いたが、この侍は抜刀していなかった。

三人とも覆面から覗《のぞ》かせているのは、目だけ。

「ご助勢……」

宗次は大声を発して一気に間を詰めながら、備前国長船住長義の鞘《さや》を払った。

宗次は打ち合う同心と紫ずくめの間へ、割って入るように突入した。

「うわっ」

と、紫ずくめの一人が叫んで、仰向《あおむ》けに倒れた。なんと、刃の無い名刀が相手の右肩から下を斬り落としていた。

「おのれ」

もう一人の紫ずくめが身構え直そうとした時、宗次の刀は相手の下顎《あご》に襲いかかっていた。凄まじい速さであった。

叫びを発する間《ま》もなく、相手は顔面を下から上へ二つに割られ、背中から地面に叩きつけられ小太鼓の如《ごと》くドンと鳴る。

恐るべき宗次の雷撃《らいげき》刀法。

この時になってようやく「おう、宗次先生……」と荒い息の飯田次五郎の口から声が出た。

だが宗次は、それには答えず、まるで見届け人かのような残った一人に上段構えで正対した。

相手が、チッと舌を打ち鳴らした。

「宗次先生よ。あ、あんた……そ、それにその刀、どこから」

一瞬の内に、それこそ一瞬の内に紫ずくめ二人を叩き斬った宗次に、飯田次五郎も、もう一人の若手同心も目を見張るばかりだった。

宗次は答えずに上段。相手はまだ抜刀しない。

「宗次先生、どきねえ。これは北町の仕事だ。先生の仕事じゃねえやな」

飯田次五郎は、ようやく言うべき言葉を見つけて、声高く宗次の前へ出ようとした。

「退《さ》がっていておくんない飯田様」

「し、しかし宗次先生よ……」

「目の前の野郎は、腕に覚えの同心が四、五人、束になってかかっても倒せやしやせん。返り討ちだ」

「なに……」

「ご覧なせえ、あの足構えを。やわらかく自然に見えていやすが、飯田様が踏み込めば、アッという間に抜き打ちの一撃でござんす」

　言われて飯田次五郎と若手同心は、思わず一歩退がった。

「おい」

　紫覆面の着流しが一歩進み出た。飯田と若手同心が、また一歩退がる。

「貴様、町人ではないな」

「何ぬかしやがる。生まれた時から町人でえ。飲む打つ買うの騒ぎの中で鍛えられた喧嘩《けんか》剣法で相手させて貰うぜ馬鹿侍さんよ」

「ふっ。喧嘩剣法の町人が念流《ねんりゅう》の目録までいった俺の友二人を、やすやすと斬れるか馬鹿」

「馬鹿はお前《めえ》さんに返しまさあ。さ、抜きねえ」

「後悔するぞ」

「させて貰いましょうかい」

「いい度胸だ。痛くないように、あの世へ送ってやる」

飯田次五郎と若手同心が固唾《かたず》を飲んで見守る中、紫ずくめの侍は静かに刀を抜いて正眼《せいがん》に構えた。

上段対正眼の二人は、暫《しばら》く動かなかった。

(宗次先生、あんたって人は一体……)

誰なんでえ、と声を掛けたくなるのを飯田次五郎は必死で抑えた。

このとき小さな流れ雲が、月を隠して辺りが暗くなり、直ぐにまた明るさを取り戻した。

二人の構えが、その一瞬の闇の間に変化していた。

宗次は上段から下段構えに、相手の侍はやや腰を下げて刃《やいば》を右脚の後ろに隠す奇妙な身構えだった。

「ほほう、霞真刀流《かすみしんとうりゅう》滝流れの構えとは、珍しいものを見せてくれやした馬鹿侍さんよ」

「知っていたのか、この構えを。やはり貴様、町人ではないな」

「開祖は、今は亡き遠江大元斎時人《とおとうみだいげんさいときんど》。合戦場に於《お》いて一人で多数を相手にするために編み出されし戦国剣法。恐ろしい剣法だが、いやはや古くせえやな」

宗次の言葉が終わるのを待たずに、紫ずくめの侍は無言のまま真正面から斬り込んだ。

いかなる場合も無言で打ち込む——これが霞真刀流の一大特徴であった。

宗次の顔の直前で、鋼と鋼がガチン、ガチンッと打ち合って青い火花を月明りの中へ飛ばした。

侍が打った、また打った、休まずまた打った。宗次の眉間《みけん》への集中的な攻《せ》めだった。

（こ、こいつあ凄い……）と、宗次は備前長船で防ぎながら、のけ反《ぞ》った。相手の刀法は速いだけではなく、一撃一撃の打撃力が非常に重かった。

見かねて飛び出しかけた若手同心の肩口を、「よせっ」と飯田次五郎が摑《つか》んで引き止める。

「俺達の出る幕じゃねえ」

そう言う飯田次五郎の顔は、真っ青。

宗次は構えを立て直そうと、後ろ向きのまま大きく飛び退がった。

ふわりとした、人間業《わざ》とは思えぬそのやわらかな飛翔《ひしょう》に、相手の侍も二人の同心も目を見張った。

対峙《たいじ》する間が、一瞬のうちに七、八尺以上も開いたから尚《なお》の事だ。

宗次は、左足を引いて腰を深めに沈め、刃を相手に向けて左下段の異形構《いぎょうがま》えとした。目は相手の顔を見ず、爪先《つまさき》を見ている。

「なんと……揚真流雷《いかずち》落としの構え」

相手も宗次の刀法を見抜いて呟いた。驚きを込めている。

が、その呟きは二人の同心の耳へは届かなかった。

紫ずくめが、間を詰めようと前に動いた。

それを待ち構えていたかのように、宗次が月明りの中を一気に滑る。

迫られて、紫ずくめに「うっ」と小さな乱れが生じた。

刃の無い備前長船が、相手の右膝《ひざ》へ一撃を放った。

辛《かろ》うじて相手の剣がそれを受けた時、備前長船は左膝へ回り込んでいた。

相手が慌《あわ》て気味に右へ飛んで、それから逃れようとした。

が、備前長船は相手に吸い付いたかの如《ごと》く離れず、何と逃れる相手の左頰に殴り付けるような一撃を打ち込んだ。

相手が辛うじて鍔元《つばもと》で宗次の剣を受け、バチンッと凄い音を発し四方へ大きな青白い火玉が飛び散った。

相手がそのままもんどり打って横転。

激しく転がって宗次との間を充分に空《あ》けてから、ヒラリと立ち上がった。

「やるのう。日を改めてまた会おう」

そう言い残して、紫ずくめは目黒不動尊の森へ身を翻《ひるがえ》し、飛び込んだ。

宗次は刀を鞘へ戻した。肩で荒い息をしていた。

（あんな恐ろしい剣を使う野郎が、この江戸にいたとはよ……）

そう思いながら左手に痛みがあったので見ると、手の甲が一寸ばかり浅く縦に切られ血が噴き出ていた。いつの間に切られていたのか、覚えがない。

「大丈夫かえ、宗次先生」

飯田次五郎が若手同心を従え、駈《か》け寄ってきた。

「やっぱし喧嘩剣法じゃ駄目でござんす。左手の甲を斬られやした」

「お、血が出てるぜ。直ぐに医者へ」

「なあに、たいした事はござんせん。それよりも斬られなすった同心を奉行所へ運びやせんと」

「それにしても宗次先生よ。お前さん喧嘩剣法なんぞと言うが……」

「飯田様、私《あつし》の剣法や腰の刀のことは、日を改めて話しやす。それよりも斬られなすった同心を早く……」

「そうよな。何処かで大八車《だいはちぐるま》を借りなきゃあ」

「私《あつし》が亡骸《なきがら》を見守ってさし上げやす。ここは門前町。大八車は直ぐにも見つかりやしょう。何軒かの店に当たっておくんなさいまし」

「そうよな」

頷《うなず》いた飯田次五郎は若手同心を促《うなが》すと、月明りの中を山門の方へ走り出した。

宗次はすでに息を止めている同心に合掌《がっしよう》を済ませると、倒した二人の紫ずくめの覆面を剥《は》いだ。

二人とも荒れた生活が面《おもて》に出ている、無精髭《ぶしようひげ》に覆《おお》われた顔だった。

とても何処ぞに任官している侍には見えない。どう眺めても食《く》い詰《つ》め浪人だ。

（逃げ去った霞真刀流の不良仲間というところかえ。それにしても……あ奴にゃは浪人特有の臭いのようなものはなかったな。一体《いってえ》誰なんでえ、あの野郎はよ……）

宗次は無精髭の下手人のそばに腰を下ろしたまま辺りを見まわし、飯田次五郎と若手同心を護《まも》って奉行所近くまでは行かねばなるまい、と思った。偏執《へんしゅう》的な性格の者なら再度、辻斬りを仕掛けてくる可能性がある。

（すまねえなお幸。今宵はそっちへ戻れねえやな）

心の中で幸に詫《わ》びつつ、宗次は息絶えた無精髭二人の懐《ふところ》をまさぐった。

二人とも、五両ずつを所持していた。

（霞真刀流の野郎から貰った辻斬りの〝付き合い賃〟、てとこかえ）

胸の中で呟いた宗次はその十両を手にして、無念の死をとげた同心の亡骸のそばへ移った。

俯《うつぶ》せ状態の亡骸を静かに仰向《あおむ》けにしてやった宗次は、「なんとまあ……」

と、眉間に皺《しわ》を刻んだ。

十八、九歳にしか見えない、まだ若い同心だった。袈裟《けさ》斬りにされている。

「家族がどれほど悲しみなさるか……お前《めえ》さんのこれからの長い人生を考えりゃあ、とても足りねえけどよ」

宗次は呟いて、手にしていた〝敵〟の十両を殉職した若い同心の中身乏《とぼ》しい財布に入れ、しっかりと懐に戻してやった。

「安心しな。神も仏も怒《おこ》りはしなさらんからよ。な……」

薄く見開いたままの同心の目を、宗次は優しく閉じてやった。

九

翌日の正午過ぎに目黒村の疋田家を訪れた宗次は、刀身を丹念に清めた備前長船を座敷の床の間の刀架けに戻すと、幸と共に大庄屋邸を後にした。

「暗い表情ですこと。昨夜騒動がありましたのね」

「まだ疋田家の誰の耳にも入っていないのかえ」

「はい、何も……」

「辻斬り野郎、矢張り出やがったよ」

「まあ……」と、幸は歩みを緩めて、宗次の横顔を不安そうに眺めた。

「が、なるべく疋田家では暗い話は止《よ》すことだ。そのうち否《いや》が応《おう》でも疋田家の人達の耳へも入ろうがな」

「お怪我《けが》はなされませんでしたか」

「左手の甲を浅く斬られた」

「え……」

「心配いらねえよ」

宗次は左手を幸に見せた。確かに傷は浅かった。すでに乾いた細い瘡蓋《かさぶた》の線になっていた。

「痛くありませぬか」

「大丈夫でえ」

「よかった……」

「借りた名刀だが、打ち合って少し傷が付いちまった。すまねえ」

「構いませぬ、お前様がご無事なら」

幸は宗次の左腕に手を回して強く摑《つか》んだ。この人に万が一のことあらば自分も命を絶つ。その覚悟は早くから出来ていた。まだ男と女の仲になっていないというのに。

江戸の男共が「天女《てんにょ》のような、まれに見る美しさ」と憧《あこが》れ、一言でも二言でも一度でいいから「目と目を合わせ間近で話がしたい」と胸高ぶらせるその女性《ひと》、『夢座敷』の女将幸。

その幸の目に入るのはたった一人の男、浮世絵師宗次だけであった。

しかし江戸の男共は、幸のその燃えるような胸の内をまだ知らない。

「昨夜騒動に遭《あ》ってから以降、もしや何ひとつ食べていらっしゃらないのではありませぬか」

「うん、食べる気分ではなかったし、暇《ひま》も無かったのでな」

「では『夢座敷』で遅目の昼餉《ひるげ》を、お取りになって下さいまし。でないと体によくありませぬ」

「いやなに、今日は絵仕事で忙しいんだ。すまねえ。そのうちゆっくりと訪ねるからよ」

「では板場に御重《おじゅう》を作らせ、頃合を適当に見はからって店の者にでも八軒長屋へお届けさせましょう。私《わたくし》が届けますと、また御心配なされて店まで送って下さらねばなりませんから」

「御重か。有難い」

「ねえ、お前様」

「ん？」

「近いうち、深川《ふかがわ》の清安寺《せいあんじ》さんへ、お連れ下さいまし」

「深川の清安寺というと、縁結びや安産で知られた寺じゃねえか」

「はい」

「なにかえ。目黒の大庄屋宅へ、お幸を是非嫁に、という話でも舞い込んできたのかえ。なにしろ江戸の男共に、わいわい騒がれているお幸の事だ。大店《おおだな》の男前の若旦那《わかだんな》に見初《みそ》められても、おかしくはねえ」

「私は生涯を託した夫を亡くした身。余程の御人でないと二度とは嫁ぎませぬ」

「すまねえ、お幸。冗談が過ぎた」

「お連れ下さいまし。お前様と一緒でないと、いやでございますから」

「判《わか》ったよ。近いうち、お参りしよう。二人でな」

「本当？」

「本当だ。で、帰りには、旨《うま》い店の立ち並ぶ浅草《あさくさ》にでも立ち寄って浅草寺《せんそうじ》さんにもお参りしようかえ」

「嬉《うれ》しい」

幸は目を潤《うる》ませた。前から言いたい言いたいと思っていたことを告げたのだ。

そして、宗次は「二人でな」と、応じてくれた。

（お前さん、私、この御人と幸せになります。いいですよね）

「いい男ぶり」だった亡き夫に胸の中で告げる幸であった。

夫が笑顔で頷《うなず》いてくれたような気がした。

日頃、それぞれの仕事で余りにも多忙な、宗次と幸の、久し振りにしっくりと語り合えた〝小さな旅〟であった。町人あふれる京橋《きようばし》、日本橋、神田、両国といった辺りから見た目黒村は、〝小さな旅〟の言葉が当てはまるように近くはない。田畑の広がりが美しい、静かな集落だった。辻斬りが現われるまでは。

二人は、外濠に沿った通りを南鍛冶町《みなみかじちょう》、檜物町《ひものちょう》、元大工町《もとだいくちょう》、呉服町《ごふくちょう》を過ぎ、日本橋川に架かった石橋を渡って、次の竜閑橋《りゅうかんばし》の手前で立ち止まった。

「『夢座敷』まで送らなくても大丈夫だな」

「はい。お空はまだこのように明るいですもの」

「それに江戸の男共は侍《さむれえ》も町人も幸の味方だ。明るい内なら心配するような事は起こるめえ」

「夕餉《ゆうげ》までには御重を届けさせますからね」

「有難よ」

宗次は幸の肩に軽く手をやると、今小町から離れて足を速めた。

幸は、宗次が竜閑橋を渡り終えるまでその後ろ姿を見送ってから、店『夢座敷』に向かって歩き出した。

その二人の様子を、十四、五間《けん》ばかりの離れた町家の角から、顔半分いや片目だけを覗かせて凝視《ぎようし》している者があった。腰の高さのあたりから、刀の柄《つか》の先を見せていることから、どうやら侍だ。博徒《ばくと》が時に法を破って腰に差している長脇差《ながどす》の安拵《やすごしら》えな柄とは、明らかに違っている。よく見られる浪人の薄汚れた柄でもない。

尤《もつと》も『夢座敷』の客は、大店の主人《あるじ》や上級旗本、大名家の要職にある者など多彩であるから、侍の一人や二人、美しい幸を盗み見することくらい不思議でも何でもない。

宗次は暫《しばら》く行ってから振り返ったが、もう幸の姿は見える筈《はず》もなかった。

「宗次先生……」

歩き出そうとすると、横合いから声が掛かった。

「お、『三嶋屋《みしまや》』の大番頭さん。お出かけですかい」

「はい。旦那様の御用で、ちょいと増上寺の門前町まで」

「そうですかい。ご苦労さんで……」

と応じてから、あれ？　と宗次は思った。昨日《きのう》は清水屋の手代頭和助が矢張り旦那の言いつけで増上寺の門前町を訪ねている。

ま、行き先が同じなんてことは珍しくも何ともねえや、と思い直して、

「これからだと訪ね先でうま酒を一杯、ということになりますかねい大番頭さん」

と宗次が言うと、

「そうですねえ。今日は訪ね先での打合せが長びくので泊まることにもなりましょうから」

と、呉服問屋三嶋屋の大番頭忠平《ちゆうべい》は笑顔で答えた。訪ね先で泊まる、というのも昨日《きのう》の清水屋の手代頭和助と同じだ。

「どなたか病人の御見舞でも？」

余計なことだと思いながら、宗次は訊《たず》ねてみた。

「ご老人ですが大層お元気な方《かた》です。旦那様と古くから付き合いのある人でしてね。月に一度は旦那様に言われて、私が訪ねることになっておりますもんで」

これも清水屋の手代頭と似ているな、と思ったが、

「そうですかい、じゃあ、気を付けて行ってきなせえ」

「有難うございます。先生もまた店へ顔をお出しになって下さい」

と呉服問屋三嶋屋の大番頭は、丁寧《ていねい》に腰を折って去っていった。

三嶋屋の離れの小座敷の襖絵二枚を、宗次は昨年手がけていた。

三嶋屋は江戸屈指の呉服問屋、と言うには程遠かったが、それでも主人《あるじ》の松《まつ》之助《のすけ》は手堅い仕事をする真面目な人、で同業者の間でも評判がよかった。江戸の大店《おおだな》の下位の中には入っている。

鎌倉河岸の向こうに、居酒屋『しのぶ』が見えてきた。

まだ御天道様《おてんとさま》は秋の陽《ひ》を降らしていたが、店はもう表に暖簾《のれん》を出して、「早提灯」をぶら下げている。

「またえらく早いじゃねえか」

宗次は足を早めて、『しのぶ』の暖簾を頭で押すようにして潜《くぐ》った。入口の腰高障子も左右に開け放たれていて、店の中は板場の奥まで見える。

「お……」

店に片足を入れかけて、宗次の動きが止まった。

なんと、まだ明るいこの刻限、北町奉行所筆頭同心の立場にある飯田次五郎が、板場と向き合う長板張りの席（カウンター）で、茶碗酒だった。

顔をしかめてそれを見守っていた店主《あるじ》の角之一が、宗次と目を合わせて（いけねえや……）と首を横に振った。

（私《あっし》にも一本……）と、宗次が人差し指を立てて見せると、角之一は頷《うなず》いて飯田次五郎と向き合っていた位置から退《さ》がった。

宗次は、飯田同心の隣へ黙って腰を下ろした。板場と向き合っているこの客席は、幅一尺半ほどの細長い板台（カウンター）の前に、幾つかの醬油樽《しょうゆだる》が客に座って貰うため逆さにひっくり返って並んでいる。

「どうなさいましたい飯田様」

宗次にやわらかく声をかけられて、がっくりと頭を下げ己《おの》れの膝頭《ひざがしら》を眺めていた飯田同心が、赤い顔を上げた。

「よ、宗次先生じゃねえか。こんなに明るい内から酒かえ」

「それは私《あっし》が飯田様に申し上げる言葉ですぜい。こんな刻限に顔が赤くなるほど酒なんざぁ、刑事に働く町方同心として、まずいんじゃござんせんかい」

「放っておいてくれ」

「放っておけませんや。幸《さいわ》い店の客は飯田様と私《あつし》だけだ。一体《いってえ》どうなさいやした。何かござんしたね」

問われて飯田次五郎は天井を仰いで大きな溜息《ためいき》を吐《つ》き、また茶碗酒を呷《あお》った。

宗次の前にも徳利《とっくり》と茶碗が置かれたが、それには手を伸ばさず宗次は訊ねた。

「目黒騒動に続いて、何かあったんでござんしょ。あの現場では、配下の若い同心が一人犠牲《ぎせい》になりやしたが、それでも飯田様は冷静さをそれほど失ってはいらっしゃらなかった。その飯田様が御天道様が頭の上にある内にお酒とは、見逃せませんや」

「北島作太郎《きたじまさくたろう》が馬鹿をやりやがった」

「北島?……飯田様が、若手の中では一番見込みがある、と日頃から目にかけてなすった、あの有能な北島さんがですかい」

「ああ、その北島が非番の日の昨日《きのう》、人一人を殺してしまいやがった」

「なんですってい……」

　これには板場の角之一も女房の美代《みよ》も驚いて体の動きを止めた。

「どういう事なんで飯田様。刑事に働く町方同心が何故、人一人を殺すことになったんですかい」

「大八車を作らせたら右に出る者はいねえ、湯島《ゆしま》三丁目の熊助《くますけ》の名は宗次先生も知ってるだろ」

「知ってやすとも。顔も知ってまさあ。若いが七、八人もの職人を抱えて、京《みやこ》の御所車も手がけたと聞いておりやす。まわりの者《もん》から熊公親方と親しまれているとか言いますぜい」

「この名職人熊助、体のどこかに深刻な病《やまい》を抱えていたらしくて、あちらこちらの医者の世話になっていたと思いねえ」

「という事は、その病の原因が、どこの医者にも判らなかったという事ですねい」

「そうらしい。しかし仕事の注文が引きも切らねえ多忙な熊助にとっては、なんとかして病を治してえと願うわな」

「そりゃそうでしょ。名職人と言われている本人にとっちゃあ尚更《なおさら》だ」

「で、昨日《きのう》の昼前によ。体調が怪しくなってきたと感じた熊助は、八丁堀《はっちょうぼり》界隈で知られた蘭方医《らんぽうい》に駈け込んだんだ。初めてよ」

「初めて、というのは蘭方医の先生を訪ねるのは初めて、という意味ですねい」

「そうらしい。その診療所でよ、風邪気味で訪れていた北島作太郎と出会ってな、お互い顔見知りだったもんで二言三言あいさつ程度の言葉を交わしたんだが、そのあと北島の馬鹿が大変な事を口走ってしまった」

「どんなことをです？」

「その診療所は本診に入る前に、若い助手による予備診がある事で知られているんだが、その若い助手に向かって北島の馬鹿は、この熊公は小さい事をくよくよ気にする仮病《けびょう》の常習者だから放っておいても勝手に治るぜ、と言いやがった」

「な、なんてえ事を……医者の診断《みたて》を狂わせるようなそんな恐ろしい事を、刑事に働く町方同心が口にしたと言うんですかい」

「刑事に働く町方同心ってえのは、医学の事なんぞ学んじゃあいねえんだ。ズブの素人《しろうと》だ。それによ、外見は同じに見える人間の肉体《からだ》ってえのは内側は一人一人が深刻なほど違うんでえ。特によ、皮膚一枚めくって体の奥深くに入りゃあよ、どんな病《やまい》が息を潜めているか判りゃあしねえんだ。想像もつかねえ怖《こわ》い病がよ」

「仰《おつしや》る通りで」

「それを北島の野郎、取り返しのつかねえ事を口走りやがって……」

「肉体《からだ》の奥深くから突き上がってくる正体不明の自覚症状なんてえのは、他人《ひと》様《さま》にゃあ判りっこありやせんからね」

「その通りだよ宗次先生。なのに北島の馬鹿は……」

「それで熊公親方、いや名人熊助さんの様子は？」

「刑事に働く町方同心の一言は他人様に及ぼす影響が重いんでえ。北島が無責任に放った〝小さい事をくよくよ気にする仮病の常習者だから放っておいても勝手に治るぜ〟を診療所の若い助手はそのまま受け取りやがってよ」

「なんてえ事を……それじゃあ」

「ろくに診《み》もしねえで、待合室に寝かせて放置しておき、他の患者を診るのに追われ、気付いた時にゃあ」

「まさか……」

「名人熊助は冷たくなっていたとよ……くわっと白目をむいて胸をかきむしり、くやしそうによ」

「ひでえ……そいつあ余りにもひでえ」

宗次は、角之一と目を合わせ、大きな溜息を吐いた。

飯田次五郎が、力なく付け加えた。

「その事が御奉行の耳に入ってな、あの日頃は穏やかな御奉行が激怒なさった」

「そりゃあ、なさるだろ。大八車作りの熊助と言やあ、今やこの大江戸の財産みたいな存在だから……北島作太郎さんは御奉行から厳しい御叱《おしか》りを受けた事でござんしょ」

「無期限の自宅謹慎《きんしん》を命じられ、つい先程《さきほど》、自宅居間で腹《はら》あ切りやがった」

「切腹……」

「ああ、熊助の遺族への詫《わ》び状を書き残してな。一人残された老いた母親は、気も狂わんばかりだあな」

聞いて（やりきれねえ……）と、宗次は徳利の酒を自分の茶碗に注ぎ、一気に飲み干した。

角之一も女房の美代も板場で宗次を見習った。

そのあと女房の美代は板場から裏口を出て店の表へ回り、暖簾と提灯をはずして腰高障子を閉めた。

「あんた、今日の商《あきな》いはもう止《よ》そうよね」

「ああ、表戸に突《つ》っ支《か》い棒をしときな。臨時休業でえ」

そう言う角之一と目が合ったので、宗次も（うん……）と目で頷《うなず》いた。

美代が飯田次五郎の前まで近付き、板台（カウンター）越しに小声で言った。

「旦那。熊助さんて人は、もしや幕府の荷車なんぞも沢山《たくさん》手がけた事があるんじゃないの？」

「その通りなんで。だから俺達町方同心なんかよりも、うんと上席の幕府役人たちと懇意《こんい》でよ」

「そりゃ大変だわ」

「だから上席役人たちの出方次第では、場合によっちゃあ、儂《わし》はもとより御奉行にまで責《せ》めがいくかも知れねえ」

「責めって……やっぱり切腹？」

「たぶんな」

「一人の口軽な若い同心のために、御奉行や飯田の旦那まで責めを負うなんて……なんとかならないのかねえ宗次先生さあ」

美代はもう涙声であった。

「一番の被害者は何と言っても名職人熊助さんと残された家族だわさ。まったく刑事に働く町方同心てえのは、他人様に向けての言葉も行動も、慎重の上にも慎重でなくちゃあなんねえ。筆頭同心の飯田様には、きつく聞こえるだろうがよ。ちょいとした軽はずみな言葉によってよ。今回みたいに苦しむ人や被害を蒙《こうむ》る人がバアッと広がっちまうんだから」

「ところで宗次先生よ。目黒騒ぎで見せた先生のあざやかな剣の腕……」

「今は、そんな事を気にしている場合ですかい飯田様。御奉行や飯田様が腹を切らされるかも知れねえってのに」

あとは誰も沈黙だった。

宗次は北島同心の老いた母親の悲しみを想い、それ以上に絶望的になっているであろう熊助の残された妻子のことを想った。

（とにかく、この飯田の旦那に腹を切らせる訳にはいかねえ）

宗次は胸の内で呟《つぶや》き、茶碗酒を口元へ運んだ。

十

宗次が「もうちょいと飲んでから帰る。なあに大丈夫だ」という飯田次五郎を残して『しのぶ』を出ると、春の朧月《おぼろづき》のようなぼんやりとした月が浮かんだ夜空から、しとしとと雨が降っていた。

「なんだか薄気味悪い夜空だぜ」

呟いて宗次は、首をすくめ貧乏長屋へ小駈《こが》けに急いだ。急いだと言っても『しのぶ』とは目と鼻の先の所だ。

宗次は生臭《なまぐさ》い臭《にお》いが漂う長屋路地へ入り、溝板《どぶいた》を踏み鳴らして我が家へと近付いて行った。生臭い臭いは、安物の鰯油《いわしゆ》の明りを点《とも》しているからだが、庶民にとっては大事な明りの元であり、安物の油と言えども長屋のどの世帯も点せる余裕がある訳ではない。

たいていの世帯は暗くなる前に夕飯を済ませ、何も見えなくなると畳の上に寝転ぶしかない。晩飯とは言わずに、夕飯というのはそのためだ。「夕方の飯」なのである。

「雨も冷たくなってきやがったい」

そう独り言を漏らしながら我が家の表戸（腰高障子）に手を触れようとして、その手が止まった。なんと障子紙から明りが漏れている。

（はて？）と首をひねった宗次は、殺気など怪しい気配は無いと読んで、表戸を開けた。

行灯《あんどん》を点し、身形《みなり》正しい一人の老武士が畳の上に正座をしていた。

絵師の宗次は、夜業《よなべ》仕事があるため上等な油を用いており、行灯も大きなものを二張り用いていた。いま明りを点しているのは、その内の一張りだ。

おそらく宗次を待っていた老武士が点したのであろう。

「いや、勝手に上がり込んで申し訳ござらぬ。この通りお詫《わ》び致す」

老武士は宗次を見るなり、畳に両手をついて丁重《ていちょう》に頭を下げた。

「今日は昼間の内に一度、そして夕方に再度訪ねて参り、こうして無断で上がり込み待たせて戴《いただ》いた。お許し下され」

老武士はそう言って再度、頭を下げた。謙虚《けんきょ》だ。

それでも宗次は土間に立ったまま、畳へは上がらなかった。慇懃《いんぎん》な老武士とは言っても、相手は刀を持っているのだ。もし〝忍び侍〟であったなら一瞬の身のこなしで斬りかかってくることが出来る。

「私《あっし》は浮世絵師の宗次でござんすが、私《あっし》に用があって御訪ね下さったんで？」

「左様。間違いなく宗次先生を訪ねて参りましたのじゃ」

「どちらの御武家様でいらっしゃいますので」

「お、それを一番に口にすべきでありましたな」

言葉穏やかな老武士の表情は、しかし硬かった。それにどことなく暗い。

「私は桑津藩四万六千石の江戸家老を務める、芝坂左内信友《しばさかさないのぶとも》という者でな。このたび御主君芳澤伊豆守直正様の命《めい》により、江戸家老の職にある私が、直々《じきじき》に一人で訪ねて参ったのじゃ」

これはまた、と宗次は思った。昨日《きのう》、目黒の桑津藩下屋敷へ入る地元婆ちゃんの評価厳しい〝馬鹿若様〟らしい侍を見かけたばかりだ。

「私《あっし》をお訪ね下さいやしたのは、絵の御用で?」

宗次はようやく畳の上で、老武士と向き合った。

「御主君直正様は先日のこと上様の御眼鏡《おめがね》に適《かな》い、一万五千石の御加増を賜《たまわ》り、末席ではあるが老中の座に就《つ》かれる事に相成《あいな》ってな」

「それは御目出《おめで》とうございます。当たり前の御人では決して就く事の出来ぬ重席。市井《しせい》の人人から名君と言われて久しい芳澤直正様にふさわしい御栄進であると存じ上げやす」

「おお、天下一の浮世絵師宗次先生も、そう思って下さるか。それは江戸家老として何よりも嬉しいこと」

「決して御世辞で申し上げた訳ではござんせん」

と言ってはみたものの、宗次の脳裏に目黒の下屋敷へ消えていった〝馬鹿若様〟らしい姿が、浮かんで消えた。

「で、宗次先生への御願いじゃが……それも急ぎ、という条件つきでな」

「私《あっし》も忙しい身でござんすが、とにかく御話を聞かせて下さいやし」

「御主君直正様は、六万一千石への御加増と老中就任を決めて下されました上様に感謝の意を御示しすべく、来月の末に上屋敷へ上様を御招きする事になってな」

「それは江戸家老としても大仕事でございやすね」

「まこと大仕事じゃ。すでに大広間の手直しの普請《ふしん》に入っておるが、その大広間の襖《ふすま》に上様の御心をなごませる多色の美しい絵を宗次先生に描いて戴きたくてな」

「上様御招きは来月末と仰《おつしや》いましたね」

「うむ。これは動かせぬが」

「あと五十日ほどしかありやせんが、襖は何枚でございます？」

「一枚一間《けん》半幅の襖が、東側八枚、西側八枚じゃが」

「それは無理だ。十六枚もの大形の襖に、五十日くれえで多色の絵なんぞ、とても仕上げられやせん」

「駄目か」

「駄目ですねい。江戸城御用達《ごようたし》の絵師を何人か使って一斉に描かせるしか手はありやせんや」

「御主君は是非にも宗次先生に、と仰せなのじゃ。なんでも、宗次先生が描かれた、さる大名家の襖絵に、魂を奪われる程《ほど》の感動を受けられてな。近頃では、御主君と私との話の中に、宗次先生の名が出てこぬ日はありませぬよ」

「困りましたなあ」

「何かいい案はありませぬか。この老い先みじかい老家老芝坂左内の顔を、ひとつ立てて下され」

「上様は大広間で、どちらに向いて座られますか」

「東側を向いてじゃが」

「では東側の襖絵を多色描きに、上様の背後西側の襖絵を墨《すみ》描きに、という事で如何《いかが》です」

「お。それならば五十日で間に合いそうかの」

「はい。ぎりぎり何とか……」

「有難や。感謝しますぞ宗次先生。芝坂左内この通り、御礼申す」

老家老は額を畳に触れんばかりに頭を下げた。

「およしなさいやし芝坂様。町人絵師に、そう頭を低く下げなさるのは」

「武家にとって、上様を屋敷に御招きするというのは、大変なことなのじゃ。それこそ藩の浮沈《ふちん》にかかわって参るのじゃよ」

「いま私《あつし》が申し上げやした事でございますが、御主君直正様の御承知を頂戴しなくて宜しいのですかい」

「大丈夫。全て私に任されておる。御主君の厳命は、何としても宗次先生に描いて戴くこと、その一点だけじゃ」

「左様ですかい。判りやした。それでは万障《ばんしょう》繰り合わせて、準備に入らせて戴きやす」

「ところで宗次先生は先程、町人絵師という言葉を口にされたが、本当に町人絵師ですかな」

「え、どういう事です？」

「いやなに……どうも町人絵師には見えませせぬのじゃ……何というか、侍の雰囲気がどことのう漂っているような気がしての」

「私《あっし》は根っからの町人でござんすよ。絵を描くこと以外、何も知らねえ無学者《もん》でござんす」

「うーん、そうかのう」

「それよりも芝坂様。今は少しご表情が和《やわ》らぎなされましたが、先程までは硬く苦し気《げ》な暗い顔つきでございやしたね。何かお悩みを抱えていらっしゃるのではありやせんか」

「い、いや。べつに悩みなどはない。宗次先生が引き受けてくれるかどうかが心配だったので、そのせいで強張《こわば》った表情だったのであろう」

「そうですかい。出しゃばった事をお訊ね致しやした。お詫び致しやす」

宗次がそう言った時、誰が開けてもうるさい軋《きし》み音を放つ表戸が、音も無くスウッと開いた。それだけで宗次には誰が訪れたか判った。

『夢座敷』の女将幸であった。店の誰かに届けさせる、と言っていた御重《おじゅう》を自分で持ってきたらしいのだ。

幸は土間に入ると、客がいると知ってか表戸を一層のこと静かに閉じ、流れるような然《さ》り気《げ》ない動きで台所の方へ移動した。

芝坂左内の左の端の視野に幸の姿は入った筈であるが、芝坂はべつに顔を向ける事もせず姿勢正しく宗次と向き合っていた。幸を絵の助手とか小間使いの女くらいにしか捉《とら》えなかったのかも知れない。

が、よく見れば幸の着ている着物が、きらびやかな刺繡《ししゅう》入りの小袖ではないにしろ、その着こなしの何とも言えぬ品の良さと、決して安拵《やすごしら》えの着物ではないと判った筈である。

だが芝坂左内は今、主君から申し渡された使命を果たす事で、頭が一杯だった。なにしろ上様を感謝を込め上屋敷へ招くのだ。しくじりがあらば藩の存亡にかかわってくる。

幸は竈《かまど》の小さな火種を熾《おこ》し火にして、要領よくたちまち湯を沸かすと茶を淹《い》れた。

「粗茶でございますけれど……」

幸の白い手が湯飲みを先《ま》ず、芝坂左内の前に置いた。『夢座敷』の常連客など江戸の大勢の男共から「白雪のような手」と絶賛されてきた幸の手である。

湯飲みを置いたその手が退がったので、天下一の浮世絵師の前で畏《かしこ》まっていた芝坂左内も、さすがに顔を横へ振った。

「あ、そなたは夢……」と、老家老は目を見張って背筋を反《そ》らした。

「桑津藩の皆様には、いつも『夢座敷』を御愛顧戴きまして感謝いたしております」

宗次の前へ湯飲みを置き終えてから、幸はひっそりとした優しい笑みを口元に見せ、落ち着いた作法で老家老に頭を下げた。深過ぎず浅過ぎず見事なまでに決まった頭の下げようだった。

「女将……『夢座敷』の女将が……何故《なにゆえ》この荒屋《あばらや》……いや、この長屋に?」

この世のものとは思われぬ余りにも美しい幸を、すぐ目の前にして、それまで畏まっていた芝坂左内が、しどろもどろであった。なんと顔を赤らめている。

「友達なんでござんすよ芝坂様。こんな小さい頃からの」

宗次は苦笑しながら、掌《てのひら》を目の高さ辺りに上げて見せた。

「ともだち?……『夢座敷』の女将と」

「へい。ともだち」

「それは……なんとも羨《うらやま》しい」

芝坂左内は大きな溜息《ためいき》を吐き、宗次と幸とを見比べた。

「お幸、御重を御家老とな、つまみたい。すまぬが水屋《みずや》の冷酒《ひや》も出しておくれ」

「はい」

「こたび桑津藩の殿様は大幅な御加増があって、老中への御昇進が御決まりだそうだ」

「まあ、それは御目出とうございます」

と幸は嬉しそうに目を細め、三つ指をついた。

もうたまらぬ、という面持《おもも》ちで芝坂左内が幸を見つめる。人品骨柄《じんぴんこつがら》備わった大名家江戸家老でさえ、この有様であった。

「これから御家老と絵の打合せがあるのでな、それを終えたら夢座敷《みせ》まで送るから、その間、向かいのチヨさん家《ち》で待っていてくんねえ」

「はい。チヨさん家《ち》にも御重を持って参りましたから」

「それはちょうどいい。旦那は、いま小田原《おだわら》仕事らしいから、淋《さび》しがってるチヨさんも子供達も喜ぶだろうよ。水屋《みずや》の一番下の引出しによ、大蠟燭《おおろうそく》が入っているから、それを一本持っていって明るい所で食べられるようにしてやんない」

「はい、そう致します」

幸は台所に立って御重と冷酒を整え終えると、向かいのチヨの家へと出ていった。宗次は、屋根葺《ふ》き職人久平《きゅうへい》の女房チヨには、しばしば朝晩の飯や部屋の掃除や洗濯などで世話になっている。

「宗次先生……」

幸がチヨの家へ入っていった様子が伝わってくると、芝坂左内は急に真剣な顔つきになって、上体を少し前へ傾けた。

「へい、何でござんしょ」

「率直《そっちょく》に申したい。『夢座敷』の女将を戴けまいか」

「へ？」

「是非に戴きたい。宗次先生、間に立って下さらぬか」

「御家老芝坂様には、奥方様はいらっしゃらねえのでござんすか」

「私にではない。倅《せがれ》芳信《よしのぶ》にじゃよ。二、三年の内には、私も隠居を考えておりましてな、後継ぎ芳信に嫁を早く、と考えていましたのじゃ」

「御家老の御年から考えますと、芳信様は……」

「今年で四十になる。遅くに出来た、たった一人の大事な倅でしてな」

「幸は……あの稀《まれ》に見る美しさでござんす。余程《よほど》に出来た男でないと、首を縦には振りますまい」

「駄目かのう」

「恐らく……」

「宗次先生でも、駄目であろうか。女将は、なびかぬか」

「私《あっし》は、ともだちでござんすよ」

「さきほどの女将の立居振舞《たちいふるまい》の様子、何だか、友達という雰囲気ではなかったような気が致したがのう」

「いえ、ともだち、でござんす」

「左様か。あの天女かと見紛《みまご》う女将の美しさじゃ。芳信には無理かも知れぬわなあ」

肩を落とした芝坂左内の茶碗に、宗次は微笑《ほほえ》みながら冷酒《ひや》をなみなみと注いでやった。

十一

翌朝四ツ前頃、開音寺の山門を潜《くぐ》った宗次は、「はて……」と首を傾《かし》げた。

残り五点の絵が展示されている筈《はず》の正面金堂《こんどう》の五か所の扉が全て閉じられているではないか。

宗次は足早に金堂に近付いた。人の気配は伝わってこない。

「全て売れましたぞ宗次殿」

突然、右手の方角から声が掛かったので、宗次はその方へ顔を向けた。庫裏《くり》と金堂を結ぶ渡り廊下の中ほどに、にこにこ顔の妙庵禅師が立って、こちらを眺めていた。

「おお、それは宜しゅうございました。して、どちら様が？」

と、宗次は渡り廊下に近付いてゆき、禅師を下から見上げた。

「それがな、薬種問屋加倉屋多左衛門殿なのじゃ。清水屋玄三郎殿の向こうを張って、五枚を全て引き受けてくれてのう」

「そうでしたか。これで私《あっし》も肩の荷を下ろせました」

「下心があっての事だと思うのじゃがのう」

「開音寺の広大な庭地を薬草栽培に使わせてほしいという?」

「左様じゃ……ま、上がって茶でも如何《いかが》かな」

「いや、加倉屋は直ぐ近くですから、これから訪ね礼を述べて参りましょう。善は急げです。先手を打って、開音寺が自立的に薬草栽培が出来るよう、支援を頼み込んでみます」

「上手くいくかのう」

「やれるだけの事は禅師様、やってみましょう」

宗次は禅師に一礼して渡り廊下に背を向けた。

目黒の桑津藩下屋敷の〝馬鹿若様〟とかが、加倉屋を訪ねた事も気になっていた。宗次の頭の中で、薬種問屋加倉屋と桑津藩目黒下屋敷の〝馬鹿若様〟とが、どうも結び付かないのであった。不自然すぎるのだ。

開音寺から加倉屋まではひと汗をかくこともない近さで、宗次は人の出入りが目立つ店の前に立った。

薬種問屋加倉屋は、江戸では五本の指に入る大店だった。主人《あるじ》の多左衛門は商売上手で評判で、金蔵には千両箱が唸《うな》っていると噂されている。

「ごめんなさいよ」

誰に声を掛けるという訳でもなく、宗次はふらりと店の中へ入った。

身形《みなり》から、ひと目で医者の助手と判る若い男や女の訪れが、店の中に目立っていた。

二尺角ほどの箱を背負って次次と出て行く年輩者たちは、家庭薬の行商に出ていく者だろうか。

宗次は、加倉屋を訪れるのは、はじめてだった。店の評判や主人《あるじ》多左衛門の商才はよく耳にしてきたが、まだ会った事はない。

帳場に座っている番頭らしい初老の男と、宗次の目が合った。

その番頭らしいのが、ハッとした顔つきになって腰を上げ、足早に宗次の前にやってきた。

「申し訳ありません。この通り朝から立て込んでおりまして」

「いやいや、商売は、こうでなくてはいけません」

「あのう、もしや浮世絵の宗次先生ではございませんか」

と、ここで番頭らしいのは、声を低くした。

「はい。こたびは開音寺さんに展示の絵を、加倉屋さんが五点もお買い上げ下さったとか。ともかく御礼を申し上げたくて参りました」

と、宗次はべらんめえ調を抑えた。

誰とも初対面だけに、また開音寺の自立的薬草栽培の話が絡《から》んでくるだけに、心得た作法で接しなくてはならない。

「それは御丁寧にようこそおいで下さいました。主人多左衛門もきっと喜びましょう。いま伝えて参りますから、ちょっと御待ちになって下さいませ」

「お忙しいところに押しかけまして」

「いえいえ……。あ、私、大番頭の茂市《もいち》と申します。今後とも宜しく御願い致します」

「こちらこそ」

大番頭茂市はいそいそと奥へ姿を消したが、直ぐに戻ってきた。

「さ、宗次先生、どうぞ御上がりになって下さい」

促《うなが》されて宗次は床に上がり、帳場横の廊下から奥座敷へと案内された。真っ直ぐな長い廊下だった。

いくらも行かぬ内に廊下の右手に広い庭が広がり、なんともいえぬ芳香を漂わせる薬草らしきものが秋の陽《ひ》の下、一面に栽培されていた。

「いい香りですな。薬草でございますね」

「はい、外科に用いられる三種の薬草を栽培しております。それぞれは舐《な》めたりすると大層苦《にが》いのですが、こうして三種を混栽いたしますと、香りだけはこの様に見事いい香りとなります」

「ほほう……不思議なものですね」

「誠に……」

と言ったところで大番頭の歩みが緩《ゆる》んだ。
四、五歩先に障子を開け放った座敷があって、大番頭はその直前で廊下に座った。その後ろで宗次は立ったまま、秋の薬草の深緑色を眺めた。いい色であった。

「旦那《だんな》様、宗次先生を御案内いたしました」

「お、入って戴きなさい」

「はい」

大番頭茂市は立ち上がって「どうぞ……」と小声で促すと、「私はこれで……」と退《さ》がっていった。

「浮世絵師宗次でございます。朝から突然にお邪魔いたしまして申し訳ありません」

と言いつつ、宗次は相手の顔を見るよりも先に座敷前の廊下に座って、両手をつき頭を下げた。一度の付き合いもない、しかも五点の絵を買ってくれた相手だ。人柄商才は噂の範囲でしか知らない。

先ず、「用心・慎重」で接しなければならなかった。

「これはまた何をなされます宗次先生。さ、遠慮のう御入り下されい」

そう掛けられた声の響きを「暗い……」と読んで、宗次は顔を上げようやく相手を見た。

（お……）と、胸の内で宗次は思った。眼光鋭い四角な顔の加倉屋多左衛門が、にこりともせず目の前にいた。野武士のような印象、と宗次は捉《とら》えた。

そして、相手の表情もまた、声の響きと同様、非常に暗かった。

宗次は、廊下に正座したままの姿勢を崩さず五点の絵を買い上げてくれた事への礼を滑らかに述べると、ようやく座敷に入って障子を閉め、多左衛門に勧められるまま大きな文机《ふづくえ》を挟んで向き合った。

この時になって宗次は（はて……この大きな文机……清水屋玄三郎の居間にあったのと似ているなあ）と、気付いた。

多左衛門が、重く暗い声で喋《しゃべ》り出した。

「後先になりましたが、ご挨拶《あいさつ》させて戴きます宗次先生。私、開音寺で先生の五点の絵に大感動して買わせて戴いた加倉屋多左衛門でございます。本日を境に、ひとつ宜しく御付き合いの程、御願い致します」

が、多左衛門、頭を下げるでもなく、腰を軽く曲げるでもなかった。

「有難いことです。こちらこそ宜しく御願いします」

「こうしてお目にかかれました早早、情《なさけ》ない事を申し上げるようですが、絵の代金は次の月の末あたりで御支払い、という事で御勘弁下さいませんか」

「今月の末に御支払い戴く、という事で展示致しておりましたが、何か御事情おありでしたら、それはまあ……」

「はい。実は私が私用で用います手持の金と言いまするのは常に、ほれここの……」と言いながら多左衛門は背後を振り返って頑丈そうな造りの半間ほどの両開き扉を顎《あご》の先で軽く示した。

「この厚い扉の向こうに四、五百両は入っているのですが、ちと事情がございましてな、今は空《から》なのでございます」

「はあ……」

「商《あきな》い金《がね》と私用金《しようがね》は厳しく分けて管理する、というのが私の考えでありましてな。商い金は、金蔵できちんと安全に管理されているのですが」

「はい、商人のどんぶり勘定は感心いたしません。加倉屋さん程の大店ともなれば、尚《なお》のことその点、大事でございましょう」

「おお、ご理解下されますか先生。で、次の月の私の給金が入りましたなら、そこから御支払いさせて戴きたいので」

「なるほど。主人《あるじ》の多左衛門殿も加倉屋という店から、月ごとに給金を貰っていらっしゃる訳ですな」

「左様です。公《おおやけ》と私《わたくし》とは明確に分けませぬと、商売なるものは成功いたしませぬゆえ」

「判《わか》りました。次の月の月末の御支払いで結構です」

「有難うございます。助かります」

「それに致しましても多左衛門殿……」

宗次は、まっすぐに目の前の大商人と目を合わせた。

「立ち入った事をお訊ねしますが、お気を悪くなさらないで下さい。常に四、五百両もの私用金を備えておられる加倉屋の主人多左衛門殿ほどの御人が、今日に限って手持が空《から》とは、私のような絵師には、いささか合点《がてん》がいきませぬ。理解も出来ませせぬ。何ぞ深刻な事情でも御有りでしたので？」

「…………」

「あ、いや、これは矢張り失礼なことをお訊ね致しましたか。五点もの小襖絵を買って下さいました多左衛門殿のことを心配致したものですから」

「………」

「どうぞ、お気になさらないで下さい。ともかく今日は、御礼のご挨拶にお訪ね致しました。後日また改めてゆっくりとお訪ねする事としまして、今日のところはこれで……」

「宗次先生」

「はい」

「実は、止《や》むに止まれぬ事情がありましてな。私の私用金四百両は、ある人の懐《ふところ》に移ったのですよ。なに、宗次先生に御不安を与えるような事ではありませんわい。まさに、止むに止まれぬ事情というやつです。この多左衛門の私《わたくし》事《ごと》でありますよ。何の心配もありませぬゆえ」

「そうですか。それなら宜しいのですが」

宗次が頷《うなず》いて笑《え》みを繕《つくろ》ったとき、廊下の床板の軽い軋《きし》み音が次第に近付いてきて、障子に人影が映った。

「旦那様」

宗次の耳の奥がまだ記憶している大番頭茂市の声だった。

「なんだね」と多左衛門が返した。

「今から増上寺の門前町へ出かけたいと思いますが、他に御用はございませんか」

聞いて宗次の胸が、トンと小さく鳴った。またしても増上寺の門前町が出てきたのだ。

「おおそうか。今日でしたね。私が宜《よろ》しく言っていたと、伝えておくれ」

「はい、承知いたしました」

「他にこれと言った用事はないよ。いつも忙しい茂市だから、今日くらいはのんびりしてくるといい。泊まってきてもいいからね」

「いいえ、明日もまた忙しくなりますから、遅くなっても戻って参ります」

「そうかね。ご苦労様」

「それでは行って参ります」

「気を付けてな」

障子に映っていた人影が消えて、また鳴り出した廊下の軋みが、次第に小さくなっていった。

「私もこれで失礼いたしましょう、多左衛門殿。また別の日にでもゆっくり寄せて戴きますよ」

「そうですか宗次先生。せっかく訪ねて下さいましたのに絵の代金を御支払いできなくて」

「いやいや、今日は御礼の挨拶で参っただけですから」

「そのうち先生、一杯お付き合い下さい」

「喜んで」

宗次は笑顔を残して、座敷を出た。

気持はもう、大番頭茂市の後を追っていた。

十二

加倉屋の大番頭茂市は余程《よほど》に真面目《まじめ》な性格なのか、それこそ脇目も振らず、一度として後ろを振り返ることもせず、ひたすら同じ歩調で歩き続けた。

武家屋敷や寺院の塀越しに見える紅葉《もみじ》が色付くにはまだ早かったが、秋らしいひんやりとした青空が何処までも広がった、心地いい天気だった。

半町ほどの間を空け、宗次は用心深く茂市の後をつけた。何かとんでもない事が待ち構えている、そんな漠然《ばくぜん》とした予感が頭をもたげ始めていた。が、どうした事か、不思議と嫌な感じ、薄暗い不安感は無い。

「おっと……」

増上寺門前町へと通じる日蔭町《ひかげちょう》通りの中程《なかほど》まで来て、宗次は直ぐ右手角の武家屋敷に体を潜めた。この武家屋敷が後に北町・南町の両奉行を経験する遠《とお》山金四郎《やまきんしろう》邸になるとは、さしもの宗次も知らない。

前を行く茂市の足が止まって、前方をじっと見つめている様子が、宗次に伝わってくる。

しかし茂市は直ぐに「あ、やっぱり……」と言ったように、右手を前方へヒラリと泳がせ、小駈《こが》けになった。

その先で、向こうから来た商人風が、矢張り「やあ……」と言ったように背筋を反《そ》らし歩みを止めている。

（あの商人風……）と少し目を細めた宗次は、やや遠くにこちらを向いて位置するその商人風の男を（三嶋屋の大番頭忠平じゃねえか……）と認めた。

顔見知りであるのだろう。茂市と忠平は笑顔まじりで何やら話し合っている。

通りを往き来する人の数は多かった。増上寺へ参詣《さんけい》する、あるいは参詣した人達なのであろうか。中年や高齢者の姿が目立った。

やがて茂市と忠平はお互いに軽く腰を折って、別れた。

顔に少し笑みを残した忠平が次第に近付いて来るので、宗次は武家屋敷の角から己《おの》れの位置を退《さ》げ、防火水槽の陰に体を沈めた。

茂市を見失ってはならないと思ったから、忠平が通りを横切ると防火水槽の陰から飛び出し、小駈けに急いだ。

幸い、茂市を前方に捉《とら》えた。

（清水屋、三嶋屋、加倉屋と大店《おおだな》の三軒が三軒とも増上寺門前町に親しい知人とやらを持っているのは、単なる偶然なのか……しかも清水屋と加倉屋では何百両もの大金が失われている……こいつあ、ひょっとすると）

宗次は茂市の背中を追いながら、あれこれ考えた。

茂市が、浄土宗大本山で徳川将軍家の菩提寺《ぼだいじ》である増上寺の門前町に入って、直ぐに歩みを緩めた。人の通りが更に増えている。

刻限は、もうとっくに時分時《じぶんどき》を過ぎてしまっていた。

と、茂市が迷うことなく、一軒の小さな飯屋に入っていった。

(こっちも腹《はら》がすいたぜ……)と思った宗次は、さすがに同じ店へは入れず、真向かいの造り構えの大きな蕎麦《そば》屋に入って、外の様子がうかがえる格子窓《こうしまど》のそばに席を取った。時分時がとうに過ぎているというのに、参詣客でか、店内は結構埋まっている。

「掛《か》け、をくんねえ。それと冷酒《ひや》だ」

にこにこと注文を訊きに来た頬の赤い可愛《かわい》い小娘に、宗次は窓の外へ然《さ》り気《げ》なく視線を向けながら注文した。喉《のど》がひどくかわいていた。

「はい。掛けと冷酒ですね」と、小娘が念を押して退がった。

このとき、向かいの飯屋から六十半ばは過ぎているのではないかと思われる、白い前垂れをした老爺《ろうや》が、左脚をやや引きずるようにして、こちらの蕎麦屋へやってきた。

そしてそのまま板場へ入ってゆく。

耳を澄ます宗次に、やりとりの声が聞こえてきた。

「いま茂市さんが来てくれましたぜ」

「お、ほんまかい。いつも有難いこっちゃな」

「ほんまほんま。年寄りには心強いわ。北の方へは足向けて寝られへん」

「そやなあ。いま手が込んでるよって、儂《わし》もあとから挨拶《あいさつ》に行くさかい」

「そうしてくれるか。茂市さんに、ゆっくりするよう言うとくから」

「泊まってもろたらええ」

老爺が板場から出て来て、飯屋へ戻っていった。

二人の会話から、（上方者《かみがたもん》だな……）と宗次には判った。

掛けと冷酒が、頬の赤い小娘の手で、宗次の前に運ばれてきた。

「ありがとよ……これ、な」と、宗次は小娘のまだ幼さを残している手に、小声で多めの銭貨を摑《つか》ませた。

「ありがとうございます」と、小娘も小声と笑顔で応じた。

「あとで黒飴《くろあめ》でも買いねえ、な」

「はい」

小娘が離れていくと、宗次は格子窓の向こうに飯屋を捉えながら、蕎麦で冷酒《ひや》を味わった。

なかなかの味、と思った。

腹が空いていたこともあって、たちまち掛けも冷酒も平らげた時、「向かいへ行ってくるよってな」と、板場から主人《あるじ》と思われる老爺《ろうや》が現われた。七十に近い年齢《とし》であろうか。皺《しわ》深い顔だ。

宗次の席のそばを抜けて外へ出て行こうとしたその老爺の右手の甲を何気なく見て、宗次の表情が一瞬（うっ……）となった。

手首から中指にかけて、刃物で斬られた痕《あと》が手の甲を一直線に走っていた。

その傷痕の具合から、かなり深く剔《えぐ》られたものと宗次には想像できた。

（飯屋の親爺は左脚が悪く、蕎麦屋の親爺は右手の甲に斬られた痕がある……ときたか。それに二人とも上方者《もん》）

はて？　と宗次は考えて首をひねった。

その時だった。飯屋に入って行こうと暖簾《のれん》を上げた蕎麦屋の親爺《おやじ》が、顔見知りの誰かにでも気付いた様子を見せて、そのまま体の動きを止めた。

顔は増上寺山門の方へ向けて、微笑《ほほえ》んでいる。明るい笑みだ。

宗次は格子窓に顔を近付けて、親爺の視線を辿《たど》った。

五十前後に見える男であった。綺麗で豊かな白髪に恵まれた男で、こちらは堂堂たる体格だ。

それが蕎麦屋の親爺の前まで来て、格上の者にでも対するように、微笑みながらではあったが丁寧に腰を折った。

「忠平さんは、もう帰らはりましたんですか」

「うん、少し前にな……入れ違うようにして茂市さんが着きはったんや。今夜は久し振りに四人で飲もか」

「あ、そしたら茂市さん、忠平さんと何処ぞで出会《でお》うたかも知れませんな」

「そうやな。毎月毎月忘れずに来てくれはるなあ、茂市さんも忠平さんも和助さんも。年に欠かさず十二度。有難いこっちゃ」

清水屋の手代頭和助の名が、蕎麦屋の親爺の口からついに出た。

「本当《ほんま》でんなあ。感謝の気持忘れたら、罰《ばち》が当たりますわ」

「うん。ところで彦市《ひこいち》父《と》っつあんの具合どうかいな権七《ごんしち》」

「だいぶ息をするのが楽になったみたいです。食欲も出てきました」

「そら良かった。和助さんが来てくれたから、父っつあんも元気が出たんやろ。けど、もう八十五やから気い付けたりや権七。さ、茂市さんに挨拶しよ」

「はい」

「久し振りに店開きした居酒屋の客の入りはどや？　料理上手の父っつあんが倒れて苦労やろ」

「大丈夫だす。閉じていた店を開けたら常連がまた来てくれるようになりましたわ。心配かけてすんまへん」

二人は飯屋へ姿を消した。

宗次には、はっきりと聞き取れた二人の会話であった。

清水屋、三嶋屋、加倉屋の大店三軒と、増上寺門前町の飯屋、蕎麦屋、そして権七とかが営む居酒屋とが、親しい間柄であると判った宗次であった。しかも月に一度、年にして十二回、欠かすことなく大店三軒は、その飯屋、蕎麦屋、居酒屋へ何らかの目的で使いを出している、という事も。

宗次は蕎麦屋を出ると、増上寺山門に向かって少し歩いてから引き返し、飯屋の東側の路地へ然《さ》り気《げ》なく入っていった。

門前町の通りは大層賑《にぎ》わっていたから、宗次の動きに不審の目を向ける者などいよう筈《はず》もない。

だが宗次は「駄目か……」と失望して、路地から表通りへ戻った。

飯屋の内部の様子を何とか外から窺《うかが》いたかったが、一軒屋構えの飯屋は小さかったが、なかなかしっかりとした拵《こしら》えになっていて無理があった。

（ここまでにしておくかえ……）

自分に、そう言い聞かせて宗次は増上寺に背を向け足を早め出した。

「欠かさず月に一度、年に十二回か……三軒の大店が一体《いってえ》何の目的で増上寺門前町の飯屋、蕎麦屋、居酒屋へ使いを出さねばならんのだえ……わかんねえなあ……それに三軒の大店の内、二軒からは大金が失われており、しかもそれを表沙汰《おもてざた》にする様子がねえ、ときているぜ」

腕組をし、首を傾《かし》げながら歩く宗次であった。

十三

宗次が夕焼け空の下、貧乏長屋に戻ってごろ寝しながら、あれこれ考え想像を巡らせていると、「帰ってんのかえ先生」と斜向《はすむ》かいのチヨの声がして、勢いよく開けられた腰高障子がバシンと大きな音を立てた。

この表戸の元気な開け方は、屋根葺《ふ》き職人の女房チヨ特有の開け方だ。

「少し前に帰って来てね。ちょいと遠出だったたんで足腰が疲れやがったたい。年かねえ」

「若い者《もん》が何言ってんだよ先生。亭主は小田原仕事で当分帰ってこないから、きめ細かく体のあちこち揉《も》んでやろうかえ」

と、辺りを憚《はばか》らぬ大きな嗄《しやが》れ声だ。これもチヨの開けっ広げな明るい人の善《よ》い性格の表われだった。

「遠慮しとかあ。あとが怖《こわ》い」

「ふん、なら早く嫁を貰《もら》いな。晩飯どうするね。秋刀魚《さんま》の焼いたのと、大根の煮たの、味噌汁《みそしる》しかないけんど」

「美味《おい》しそうだな。すまないね、遠慮なく頂戴するよチヨさん」

「じゃ、いま持ってくるね。私《あたし》の大きなおっぱいは、どうする？」

「またにするよ」

「そうかい。欲しくなったら、いつでも言いなよ」

「たぶん言わないと思わあ」

「馬鹿」

チヨが表戸を開けっ放しにしたまま夕焼け色の長屋路地へ出ていった。

長屋住まいの宗次にとっては、母親のような姉のような存在の大事なチヨだった。

宗次が何かとチヨの世話になっていることを知っている『夢座敷』の女将幸は、チヨのもとへ時おり『夢座敷』の御重を届けたりしている。

したがって今や幸は、チヨをはじめ長屋の女房たちと、すっかり親しくなっていた。

予《あらかじ》め用意をしてあったのだろう、チヨは盆にのせた晩飯を豊かな胸に抱くようにして土間に戻ってきた。

宗次は、きちんと正座をして、チヨと向き合った。

「いつもありがとう」と、頭を下げる宗次だった。

「ご飯と味噌汁は、おかわり大丈夫だから、そん時は手を叩くなり、ギャッと叫ぶなりしておくれ」

「うん、そうする」

チヨが盆を上がり框《かまち》に置いて、尻を搔《か》き搔き出ていった。

宗次は晩飯を口にしながらも、清水屋、加倉屋、三嶋屋について考え続けた。

（そう言えば、三軒の主人《あるじ》たちの出身地についちゃあ知らなかったな……と言っても、江戸の大店の主人たちというのは、たいてい京、大坂、伊勢《いせ》など江戸者《もん》でない場合が当たり前になっているが……）

胸の中で呟《つぶや》きを漏らす宗次であった。

徳川家康が開いた江戸の歴史はまだ浅かった。したがって江戸経済を支えるほどの江戸者《もん》の出現は少なく、ほとんどは地方の、それも上方の商人によって支えられていた。

その商才にいたっては、江戸商人《もん》が太刀打《たちう》ち出来ぬほどの、圧倒的な差があった。

宗次がチヨの料理を綺麗に平らげ、口を清める茶湯を三口ばかり啜《すす》ったとき、開いたままの表口に遠慮がちに現われた者があった。

若侍だ。顔半分が夕焼け色に染まっている。

「浮世絵の宗次先生の御自宅は、こちらですか」

「御自宅なんて言われちゃあ、思わずクシャミが出る荒屋《あばらや》でござんすが、へい、私《あっし》が浮世絵師宗次でごぜえやす」

と宗次は手にしていた湯飲みを盆に戻した。

「入って宜しゅうございましょうか」

「構わねえが、何処のどちら様で?」

「あ、失礼しました。私《わたくし》……」と、このあたりで声の調子を低く抑える若侍だった。

「私《わたくし》、桑津藩江戸家老芝坂左内信友の配下、青木弘之進《あおきひろのしん》と申しまする」

「お、芝坂様の。ま、入って表戸を閉めてくんない」

「それでは失礼させて戴きます」と、なかなか下手《したて》な作法に徹する若侍だった。

「で、こんな刻限に何事でござんす」

「昼夜《ちゅうや》に亘《わた》って御多忙を極めておられる宗次先生と存じ上げてはおりまするが、わが殿が急に先生にお目に掛かりたいので上屋敷まで参上願いたいと申されまして」

「わが殿ってえと、こたび御老中への御栄進が決まりなされた芳澤伊豆守直正様ですな」

「左様でございます。それで御家老の命《めい》を受け、こうして私《わたくし》が御迎えに参上致しました。いきなりの不作法でありまするが、なにとぞ御承知戴きたく宜《よろ》しく御願い申し上げます」

「判《わか》りやした。私《あっし》が首を横に振れば、青木様がお困りなさいましょう。着の身、着のままで宜しゅうござんすね」

「はい、結構でございます。二つ返事の御承知誠にありがとうございます。表通りに桑津藩の駕籠《かご》を待たせてございますゆえ」

「冗談じゃねえやな青木様。町人絵師が大名駕籠なんぞに乗っていい訳がねえ。遠慮申し上げやす」

「で、ですが……」

「あんな窮屈《きゆうくつ》なもんに乗りたくもねえやな。それに桑津藩上屋敷は鎌倉河岸から遠くはないと心得ておりやす。歩いて参りやしょう」

「は、はあ……」

「駕籠には乗って行ったことにしておきゃあ宜しいんですよ。なあに、心配いりやせん。これくらいの事で青木様に切腹なんぞさせやせんから」

宗次が笑って立ち上がると、青木弘之進もようやく苦笑した。

宗次は表通りに出ると、青木弘之進と肩を並べて歩いた。

その後を少し間を空け、空《から》の大名駕籠が従った。

「御主君芳澤伊豆守直正様は藩政をよくする名君として知られておりやすが、そういう殿様の下で働く青木様は幸せでございやすねい」

宗次は後ろの陸尺《ろくしやく》（駕籠かき）たちに聞こえぬよう、低い声で言った。

「はい、家臣はもとより領民たちの殿に対する敬《うやま》いの気持ことのほか強く……」

「老中職に就《つ》けるのは当たり前では、三万石以上の譜代大名からと我我下下《しもじも》の者は一応承知しておりやすが、御大名間の出世競争というのは激しゅうございましょうねえ」

「二万五千石の譜代大名でも老中に就いた例はあるようでございますが、この場合は〝老中格〟という取り扱いを受けたようでありまして……」

「なるほど、そうですかい」

「老中の官位につきましても普通は、従四位下侍従《じゅしいのげじじゅう》、となるそうですが、従四位下少将、といった高位の例もあるらしく……」

「芳澤伊豆守様の官位は、もう決まりなすったので？」

「いいえ、まだ決まっていないと聞いております。色色と調整など難しいそうです」

「調整……」

「ねたみ、そねみ、いやがらせ、が皆無《かいむ》ではありませぬから」

「でしょうなあ。新しく重役となる者の辛《つら》さが、その辺りにありましょうねい」

「はい、まったく……」

青木弘之進は墨の色が広がり出した空を仰いで小さな溜息を吐いた。

二人の後ろに従っていた陸尺が止まって駕籠を下ろし、前後の下げ提灯《ちょうちん》に手ぎわよく明りを点《とも》した。

この作業で、前を行く宗次たちとの間が、かなり開いた。

「わが殿は、宗次先生と会われたならば、きっとお喜びになりましょう」

そう言う青木弘之進の横顔を見て、明るくはないなあ、と感じる宗次であった。

「御殿様はいま充実した幸せの絶頂期でございましょう。老中の次は大老ですかねい」

「い、いや。大老へはそう易易《やすやす》とは上がれませぬ。能力におきましても人柄におきましても行ないにおきましても、上様の父親のような存在、つまり鑑《かがみ》とならねばなりませぬから」

「芳澤伊豆守様には、それが備わっていないと?」

「め、めっそうも……わが殿は実に立派な人物であられます」

「そうですかい……いや、そうでしょう。会うのが楽しみだあな」

「あの……」

「へい?」

「お気を悪くなさらぬように聞いて戴きたいのでありまするが」

「聞きましょう。何でござんす」

「わが殿の前に出ましたら、そのう、言葉遣いをもう少し丁寧にというか、やわらかな調子にして下され。お願いします」

「ははは、承知致しやした……おっと、承知申し上げましたでございまする」

「余り不自然に固い言葉になられても困りまするが」

「はい。努力してみましょう」

「申し訳ありませぬ」

「なあに……ところで青木様は幾つでいらっしゃいます?」

「十九になったばかりです」

「そうですかい。私《あつし》は青木様のような印象の御人は好きでござんすよ」

「あ、有難うございます。気が弱く口下手だと伯父からよく叱《しか》られたり致します」

「伯父……様とおっしゃいますと？」

「芝坂左内信友です」

「おや、そうでしたかい。御家老のお血筋でしたか」

「はい。わが父弘之介《ひろのすけ》の姉が芝坂家に嫁いでおりまする」

「お父上の青木弘之介様は、どのような御仕事をなさっておられますので」

「藩の江戸詰勘定頭《かんじようがしら》です」

「ほう、藩の江戸詰勘定頭と言やあ、御公儀で申せば勘定奉行でござんしょ。こいつあ重責だ」

「宗次先生は何でもよく御存じですね」

「なあに。絵仕事で大名旗本家なんぞへよく出入りする内に、身に付きやした知恵でござんすよ」

「先生は生粋《きっすい》の町人でございますか」

「へい。生粋です」

「あ、そうこうする内に藩上屋敷が見えて参りました。辻番小屋の明りが点《とも》っているあそこ」

「この宗次、桑津藩上屋敷は存じておりやす。一手持《いってもち》辻番に当たる御家臣は、なかなか頑張っておられるそうで、町の衆の評判も宜しいようですな」

「はい。ときおり町奉行所与力同心なども訪ねて参り、丁重に挨拶してゆきます」

「大名家の一手持辻番は、江戸の治安に大いに役立っていますよ。有難いことで」

二人はどちらからともなく歩みを止め、空《から》の駕籠の下げ提灯の明りが近付くのを待った。

「ここでお乗りになりませんか先生」

「その方が宜しいかえ」

「私の顔が立ちまする」

「ははは。では、そうしやすか」

宗次は笑ってから、ほんの僅《わず》かに明りを残している西の空を眺《なが》め、小さく息を吐いた。

十四

桑津藩上屋敷の大広間に、宗次は青木弘之進の案内で通された。

誰もいない大広間は、質素な造りではあったが新しい木の香りに満ちた端麗《たんれい》な印象の座敷だった。

「ここですかい。将軍様をお招きする座敷は」

「はい。この大広間です。絵を描いて戴く新しい襖《ふすま》はまだ入っておりませぬが……」

「襖は板襖？」

「はい、板襖です」

「それはいい。その方が描き易《やす》い」

「直ぐに殿が参られます。御二人だけになられますゆえ、言葉遣いをひとつ……」

「心得ておりやす。御家老は同席なさいませんので？」

「御二人だけ……と、殿のたってのお望みです」

「それは光栄なことで」

にこりともせずに青木弘之進は退がっていった。

宗次は一人残された大広間を改めて見回した。

（新しくなった板襖に絵が入りゃあ、見違えるような座敷になるなあ。こいつあ責任重大だ）

そう思う宗次であった。

いま入っている襖には菊の花が描かれていた。べつだん古い襖ではないし、誰の筆になる〝菊と小鳥〟か判らなかったが、決して力量不足の絵ではない。

このままでも充分に上様を迎えられると思った宗次であったが、桑津の殿様にしてみれば〝古襖〟になるのだろう。

（余を古襖の座敷へなんぞ迎え入れよって、と上様の不機嫌《ふきげん》をこうむる事にな

るのかねえ。侍なんかでなくて、よかったぜい）

本心からそう思わされた宗次であった。

人の気配が近付いてきた。しっかりと床を踏み歩いている気配であった。

宗次は平伏して待った。

勢いある気配が大広間に入ってきて、そのまま宗次の頭の先、真正面で鎮《しず》まった。平伏している宗次には見えなかったが、そう捉《とら》えた。

「伊豆守じゃ。夜分に突然呼び出して、すまなかったのう浮世絵師宗次。面《おもて》を上げ、気楽にしてくれい」

座敷に入ってきた時の勢いある気配と違って、非常に穏やかな言葉が宗次にかけられた。

宗次は平伏したまま挨拶を述べてから、顔を上げて芳澤伊豆守直正の顔を見た。

なるほど、と宗次は胸の内で頷《うなず》いた。英邁《えいまい》な印象の殿様だった。年は四十半ば過ぎといったところだろうか。しかし（暗い……）と宗次は感じた。何か不安を抱えているような表情、と宗次は捉えた。

「余の望みは家老芝坂から聞いておるな」

「承《うけたまわ》っておりまする。上様をお迎えするに相応《ふさわ》しい襖絵をと」

「余は気が小さいのかのう。どうも落ち着かぬのじゃ。その方が如何《いか》なる絵を描き上げてくれるのか判らないのでのう」

「上様を藩邸に御招きするともなれば、ご苦労さぞ多い事と御察し申し上げまする。この宗次、御殿様及び上様のお気に召して戴ける絵を必ずや描き上げて御覧に入れまする」

「おう、その自信にあふれた言葉、今の余には何よりのものじゃ。して、どのような絵を描いてくれるのか」

「御殿様の御希望を何とぞ聞かせて下さいませ」

「余の望みを聞き入れてくれると言うか。それは有難い。ならば合戦の無い平和な世と将軍家のますますの栄えを想わせるような絵を望みたい。襖絵の課題としては少し無理かのう」

「いいえ、引き受けまして御座います。合戦なき平和な世と将軍家の栄え……見事仕上げて御覧に入れまする」

「よう言うてくれた。余はすっかりその方《ほう》が気に入ったぞ。桑津藩上屋敷へ出入りしてこの大広間で構想を練る自由を、藩主直直《じきじき》にその方に与える。家老芝坂その他重役達にも、きっと申し付けておく」

「有難うございまする。大広間にて構想を練る自由をお与え下さいまするは、絵師にとって極めて重要。感謝申し上げまする」

「絵の完成が楽しみじゃ。その方に会《お》うて、今日までの不安が綺麗に消えたぞ。こちらこそ礼を言う」

「恐れ多いことで……」

「絵の道具で入り用なものあらば遠慮のう言うてくれ」

「それは充分に揃《そろ》えておりまするから大丈夫でございます。ただ若い助手を二人ばかり……男女一人ずつ、を付けて下さいますると助かります」

「判った。選んでおこう」

「男の助手は、今日私を迎えに訪れました青木弘之進様をお願い出来ましょうか」

「あれは良いな。あれなら助手が務まろう。使《つこ》うてやってくれ」

「はい」

「女の助手は余に任せてくれ。よいな」

「結構でございまする」

「今宵はこの上屋敷に泊まるがよい。少しでも早く、この屋敷の雰囲気に慣れて貰いたいのでな」

「では遠慮なく泊まらせて戴きまする。ところで、御殿様……」

「ん？」

「少し気になっている事がございます。言葉を飾らず率直《そっちょく》に御訊ねして宜しゅうございましょうか」

「構わぬ、許そう。なんでも訊いてくれい」

「老中への御栄進が決まり、上様を藩上屋敷へ御招きなされると言うのに、御殿様の御表情大層暗《くろ》うございます。何か御不安をお抱えではございませぬか」

「それほど暗いか」

「御殿様だけではございませぬ。初めて御目にかかりました芝坂左内様と青木弘之進様も、どこか暗い、と思うておりました。御殿様が何か大きな御心配を抱えておられる事で、御家臣も心を痛めておられるのではありませぬか」

「人というのは皆、一つや二つ悲しみや苦しみを抱えているものじゃ。その方とて、そうではないのかのう」

「それは確かに……」

「余の苦しみは、そなたには言えぬ。言うたところで解決にはならぬ」

「ですが、この宗次も上様をこの上屋敷に御招きする、という重大責任の端に加えさせて戴く事になっております。今の御殿様の暗い御印象は藩にとって一大事。上様がどのように感じられますことか」

「う、うむ……にしろ、絵師のそなたに打ち明けたところで……」

「ひょっとして、御殿様のお苦しみは、目黒辺りに源を発しているのではございますまいか」

「な、なにっ」

芳澤伊豆守は思わず片膝を立てたが、思い直してか力なく姿勢を戻した。

「そ、その方、なぜ目黒辺りに余の苦しみの源があると申したのじゃ」

「はい、実は……」

宗次は目黒下屋敷の〝馬鹿若様〟の近隣に於《お》ける悪評、それに近頃生じている下手人が誰と判っていない辻斬りで町方同心一人が犠牲になったことを、臆測を加えることなく淡淡とした口調で打ち明けた。

苦痛の表情の芳澤伊豆守の長い沈黙が始まり、宗次もそれに従った。

(御殿様は今、必死で言葉を探していなさる)と、宗次には判った。

どれほど経《た》ったであろうか。

伊豆守が天井を仰《あお》いで小さな溜息《ためいき》を吐いてから、低い声を出した。

「十八、九の頃までの余は昼も夜もなく遊び続けてのう。酒と女が余の体から離れることがなかった。腰元や下女に手を出し、吉原《よしわら》通いにうつつをぬかし……とな。だが刃物騒ぎだけは起こさなかった」

「余りにも評判宜しくない下目黒の若様とかは、誠に御殿様の血を分けし方でありまするか」

「それが……余にも判らんのじゃ」

「なんと……判らぬとは、どういう意味でありまするか」

「五年ほど前のこと、若い頃に余が腰にしていた脇差神心景光《わきざししんしんかげみつ》を手にして、突然に余の前に現われたのじゃ」

「父上……と、でありまするか」

「うむ」

「神心景光とは手にする事さえ恐れ多いと言われている稀代《きだい》の名刀。たやすく誰彼の手に入るものではありませぬ。真贋《しんがん》を見極められましたか」

「間違いなく余が若い頃、料理茶屋の女に手渡した脇差じゃった。孕《はら》ませた詫《わ》びとして少少の金を添えてな」

「して、その料理茶屋の女は、その後いかがなりました」

「里へ帰った、と聞いていた。駿河《するが》へな」

「それにしても神心景光ほどの名刀を、よく料理茶屋の女に手渡しなされましたもので」

「若かったのじゃ。愚かだったのじゃ。先代からは切腹を命ぜられてなあ。重役たちが必死で先代の怒りをなだめ、余の今日《こんにち》があるという訳じゃ」

そこで伊豆守は自嘲《じちょう》気味にはじめて笑った。

「重荷じゃよ。今の余にとって目黒下屋敷は……」

「本当に御殿様の血を引いておりましょうや」

「判らぬ……判らぬよ宗次。なにしろ余の若い頃の向こう傷じゃ。それにしても宗次よ。神心景光が手にする事さえ恐れ多い稀代の名刀、と町人絵師のそなたに、よくぞ判ったものじゃ。刀には詳しいのか」

「絵仕事で大名旗本家へ出入りする事が少なくありませぬから、いつの間にやら刀に詳しくなりましてございまする」

「それに、その方の話し方……腰に二本を差せば誰も町人とは見まいな。その話し言葉も、大名旗本家へ出入りする内に身に付いたのかな」

「仰《おお》せの通りでございまする」

「にしても、どうも町人には見えぬなあ」

「町人絵師にござりまする」

「目黒下屋敷が、辻斬りの源でなければよいが……」

「この宗次も、それを懸念《けねん》いたしておりまする。神心景光はいまだ目黒下屋敷の御人《おひと》が所持なされておりまするのでしょうか」

「いや、神心景光はすでに余が取り上げ、余しか知らぬ場所にてしっかりと保管されておる。その点は心配ないのじゃが」

「それは、ひと安心。御殿様、襖絵の細かい打合せは改めて明日にさせて戴くと致しまして、今日はこの宗次をひとつ目黒にでも御遣《おつか》わし下さい」

「目黒へ？……わが下屋敷にでも参ると申すか」

「と、申しまするより、何だか嫌な予感がするのでございます。恐れいりますが、この刻限、歩いて目黒までという訳には参りませぬので、馬をお貸し戴けませぬか」

「嫌な予感？……辻斬りが再び現われるとでも言うのか」

「はあ……なんとなく」

「にしても、辻斬りに出会《でお》うたなら、その方どうする積もりじゃ。腕に覚えでもあるのか」

「御殿様。目黒下屋敷の御人はもしや、霞真刀流《かすみしんとうりゅう》の剣客《けんかく》、と称する程の御腕前ではありませぬか」

「その通りじゃ。余の前に現われた時、すでに免許皆伝《かいでん》であった。大坂に大道場を構える霞真刀流の開祖、遠江大元斎時人殿からな」

「大坂……すると目黒下屋敷の御人は、母親の里駿河《するが》より大坂へと流れたと申されまするか」

「本人は大剣客を目指し大坂で長く修行した、と言うておったが」

「左様でございましたか。兎《と》も角《かく》、馬をお貸し下さいませ」

「宗次」

「はい」

「正直に言うてくれ。余は誰にも漏らさぬ。余の胸の内だけにしまっておく。その方は、町人絵師ではあるまい。かなりの剣の心得があると見た。誰に教わったのじゃ。それだけでも知りたい」

「私の養父《ちち》は、揚真流兵法の開祖、従五位下、梁伊対馬守隆房でございまする」

「な、なんと。あの大剣聖として余りにも高名な……」

芳澤伊豆守は目を見張って驚いた。

が、次の瞬間には、立ち上がって足早に大広間から出て行った。

宗次が待たされたのは、短い間であった。

再び大広間に現われた伊豆守は大小二刀を手にし、藩主の座上段の間ではなく、宗次の前に来て腰を下げ片膝をついた。

「宗次、何も言わずにこれを受け取ってくれい。余から宗次《そなた》へ心を込めて遣わしたい」

「これはまた、恐れ多い事でございまする。拝見させて戴きます」

「うむ」

伊豆守は二刀を宗次に手渡すと、藩主の座へと上がった。

宗次は小刀を膝前に寝かせ、大刀の柄《つか》、鞘《さや》などをよく眺めてから、静かに鞘を払って、鍔元《つばもと》から切っ先へと、ゆっくり視線を流していった。

「これは間違いなく〝乱れ返り兼定《かねさだ》〟と言われておりまする和泉守藤原兼定《いずみのかみふじわらかねさだ》。兼定の定の字がウ冠の下に之が付きまする事から、別名之定《のさだ》とも称され、切れ味これの右に出るもの無しと言われている天下一の名刀」

「よう見た宗次。さすがじゃ。桑津藩主の証《あかし》として代代芳澤家に伝わる〝兼定〟を、宗次《そなた》に遣わす。大事にしてやってくれい」

「そのような家宝を頂戴して、宜しゅうございましょうや」

「構わぬ。あれこれ言わずに受け取ってくれい。馬は裏門外に待たせておくよう命じておいた」

「有難き幸せ。それではこの〝兼定〟、命に代えて大切にお預かり致しまする」

「宗次、辻斬りを倒してくれい。頼む」

「もとより……だからと言う訳では決してありませぬが御殿様、一つ、御願いがございます」

「何じゃ。申してみよ」

「御老中は町奉行所を配下に置いておりまする。近い内にもし、御奉行やその配下の者に切腹騒ぎや降格騒ぎが生じましても、是非とも御止め願いたく……」

「なに、切腹騒ぎや降格騒ぎとな」

「今は、それ以上の事は申せませぬ。有能なる人材が下らぬ形式的切腹で失われるような事がないよう、目を光らせて下さりませ。それでなくとも町奉行所の手勢は不足気味でございまする」

「判った。この伊豆守、そなたの望み判ったぞ」

「有難や。それでは宗次、これで退がらせて戴きまする」

「二刀を腰にしてみよ」

「なれど、此処《ここ》は藩上屋敷つまり殿中《でんちゅう》でございますれば」

「構わぬ。二刀を腰にした姿を見せてくれい」

「はあ」

　立ち上がった宗次は仕方なく大小刀を帯を鳴らさぬよう、ゆっくりと差し通した。

「矢張りのう。実に天晴《あっぱれ》な姿ぞ。よう似合《にお》うておる」

「町人ゆえ腰が重うございまする」

「真《まこと》の人品は偽《いつわ》り通せぬ。其方《そなた》、只者《ただもの》ではないな」

「町人でござりまする。身も心も真《まこと》の」

「ま、よいとしよう……」

「では、急ぎたく存じまする」

「うむ、頼んだぞ」

　宗次は伊豆守を残し大広間から出た。

青木弘之進ひとりが廊下に待ち構えていて、宗次に対し深深と頭を下げた。

十五

宗次が目黒村の大鳥神社前で馬を降りたとき、夜空の月は朧気《おぼろげ》で小さな冷たい雨粒が降り出していた。

「すまぬが暫《しばら》く境内《けいだい》で大人しく待っていておくれ」

宗次が馬の首筋をさすってやりながら語りかけると、馬は首を三度縦に振って応《こた》えた。

宗次は山門を入って右手直ぐの大楠《おおくす》の幹に手綱《たづな》を巻き付け、もう一度馬の首筋を撫《な》でて山門を出た。

春の夜を思わせるような朧気な月の明りは弱弱しく、見通しは悪かった。しかし足元が判らぬほどの暗さ、という訳でもない。

宗次はゆっくりとした足取りで、当てもなく歩いた。当てもなく歩くしかなかった。桑津藩下屋敷へ近付く気は、はじめから無い。

（今宵も北町奉行所の同心たちは見回りに出ていような……）

そう思う宗次であったが然《しか》し、配下の同心一人の殉職と、急病人を死に追いやった同心北島作太郎の不手際発言問題などで責任を負う飯田次五郎は、組屋敷で大人しく謹慎しているだろう、と想像した。

門前町の路地から路地へと通り抜け、幾つかの寺院の境内を見て回った宗次であったが、見回り同心たちにも辻斬りにも出会わなかった。

「今宵は何事もなし、で終わってくれるのかな……」

呟《つぶや》いて出た小作りな裏山門は、草道宗仁勝派滋元寺《そうどうしゅうじんしょうはじげんじ》という小さな寺であった。道の向こう側は一面田畑の広がりであり見渡せど一軒の百姓家も目にとまらぬ程の広大さだった。

道を右へ行けば目黒川に架かる太鼓橋《たいこばし》に出る。

左へ行けば「はて、何処だったであろうか……」と、宗次も余り詳しくは思い出せない。

とにかく一面の広大な畑であった。朧気な月の弱弱しい明りの下であったが、そうと容易《ようい》に判る程に。

冷たい小雨が降ったり止《や》んだりの中、宗次は道を左へ取って、ゆっくりとだが、かなり歩いた。

随分と左へ左へと大曲がりしているなあ、と感じられる田圃道《たんぼみち》だった。

どれほどか歩いて宗次は、(あれは……)と足を止めた。

見覚えのあるかたちの森が、黒黒と彼方に横たわっていた。

広大な田畑の突き当たり、であった。

宗次は少し足を早めた。

「なんと……」と、彼の動きは、ゆっくりと止まった。随分と歩いたというのに、そこは思いがけない場所だった。

目黒不動尊の黒黒とした森、ちょうど山門の真裏に当たる辺りであった。森の中央に天を突かんばかりにしてそびえる、二本の大楠《おおくすのき》が並び立っている。それが何よりの証拠だ。二本とも幹の周囲《まわり》は大《だい》の大人四、五人が手をつないでも足らぬ程の太さがあり、神木としてあがめられている。が、残念な事に、ここ二、三年はこの神木に老いが目立ち始めていた。一体どれ程の長い年月を生き抜いてきたというのであろうか。

宗次は、山門の真裏辺りになるこの巨大な森へ、どこから入れるかを、まだ知らなかった。

と、天上の月が、やや明りを強め、小雨が止み、夜風がひと吹き宗次の頬を撫で過ぎた。

宗次は辺りを見回し、そして夜空を仰いだ。

浮かぶ月の下を雲が東から西へと流れ、その厚さが次第に薄れ黒い雲から灰色へと変わりつつある。

雲の切れ目も、目立ち出していると判った。

宗次は、チロチロと優しい音を立てている幅二尺ばかりの流れに沿って柳の並木下を歩き、不動尊の森への入口を探した。

あった。

流れに架かった案外にしっかりした造りと判る木橋。

その木橋と向き合うようにして、幾つかの百姓家がほぼ等間隔で半円を描くようにして連なっている。

宗次は橋に近付いて行こうとした足を止め、余り太さのない柳の下へ静かに体を横にして張り付いた。

不動尊の森から現われた人の姿一つ。

二本差しであった。しかも明るさを増した月明りの下、覆面をしているとはっきり判った。どうやら紫覆面に見える。

「ついに現われやがった……」

呟いた宗次は木橋を確かめるようにゆっくりと渡り出した相手を見守った。

「くくっ……」

なんと相手が木橋の中ほどで笑った。それは間違いなく宗次の耳に届いた。なんともいやらしい含み笑いであった。

木橋を渡ったそ奴は、宗次から見て一番手前の畦道《あぜみち》へ入っていった。歩みに迷いはなさそうだった。ある目的を目指しているような足取り――宗次にはそう見えた。

その畦道の先に、一軒の百姓家がある。その一軒に、目指す目的でもあるのだろうか。

宗次は柳の下から出た。そ奴との間は充分だった。

百姓家の前に、そ奴は立った。

「儂《わし》じゃ、主人《あるじ》の儂じゃ。訪れてやったぞ。先ず行灯《あかり》じゃ、行灯《あかり》を点《とも》して喜ぶがよい」

なんと、まるで舞台役者のような口調で、そ奴は喋《しゃべ》り出した。

百姓家は、息を殺したように静まり返っている。ただ、表戸の障子を透《とお》して明りが漏れ出した。

「どうした、早く開けぬか。踏み破るぞよ」

「お許し下せえまし、お許し下せえまし。若様の御無体《ごむたい》で、女房《かかぁ》は床に臥《ふ》したままでございやす」

百姓家から、若いと判る男の震え声が漏れた。

「床に臥しているのは、儂がよかったからじゃ。儂への想いで床に臥しておるのじゃ」

「いいえ、体を汚され、悲しみ苦しんで床に臥してごぜえます」

「うるさいっ」

宗次が静かに距離を詰める前方で、そ奴はいきなり百姓家の表戸を蹴り破った。

絶望的な悲鳴をあげる百姓家の若い亭主。

百姓家に踏み入ったそ奴が、覆面を取り払う後ろ姿を宗次は認めた。

「ようやく素顔が見えるな……」

呟いて宗次は走った。

百姓家に一歩入った宗次は「冗談じゃねえやな」と大声を発した。寝床の上で震え上がる若女房を護ろうとして、鰯油《いわしゆ》の匂いが漂う薄明りの中、若い亭主が両手を広げ立ち塞《ふさ》がっている。

その若い亭主に向かって、そ奴が刀の柄に手をかけた瞬間だった。

驚いてそ奴は振り向き、宗次と目を合わせた。

「ふん。矢張り手前《てめえ》かえ」

宗次の目が、ギラリと凄みを見せた。

そ奴は、薬種商加倉屋を訪ねた侍であり、目黒の桑津藩下屋敷へ入っていった侍だった。そしてその目つきは、あの辻斬り侍が覆面から覗《のぞ》かせていた目つきと同じであった。

「誰でえ手前《てめえ》は」

　相手も、凄み言葉で宗次に向き直った。

「忘れたのかえ。辻斬り遊びの夜、バッタリ俺に出会ったのをよ」

「辻斬り遊び？　何のことだ」

「まったく冗談じゃねえや。俺の顔を見忘れるほど、頭が悪いのかえ、このボケが」

「な、なにっ。も一度ぬかしてみよ、この糞《くそ》ったれが」

「手前《てめえ》よ、育ち悪いねえ。駿河で育ち大坂で剣の修行をしたとかいう大馬鹿野郎ってのは、手前《てめえ》だろ」

「おんのれが……」

　と、眦《まなじり》を吊り上げ、ぐいっと一歩前に出るそ奴だった。

「それそれ、その顔、その言葉、その目つき、下品だあな……口先一つで誰彼をたぶらかして何処ぞの藩の馬鹿若様にまで上り詰めたはいいが、そろそろ観念しねえ」

「何者だ手前《てめえ》は」

「冗談じゃあねえ野郎を、この世から消しに来た神様よ」

「おのれ、外へ出いっ」

「出ましょうかい、馬鹿様よ」

「うぬぬ……」

宗次の後を追うようにして、そ奴は肩怒らせ外へ飛び出した。

夜空からいつの間にか雲は流れ去り、皓皓《こうこう》たる月明りが降り注いでいた。

「辻斬りさんよ。手前《てめえ》の剣法は霞真刀流だったな。手前《てめえ》の恩師遠江大元斎時人先生の名誉のためにも、冗談じゃねえ手前《てめえ》野郎なんかはこの世に生かしちゃおけねえ」

「やってみやがれ、このすかんぴん野郎」

「やっぱり育ち悪いねえ。俺より尚《なお》悪い」

宗次は、切れ味天下一と称される和泉守藤原兼定を、するすると鞘から抜き走らせた。

冗談じゃねえ野郎も抜き放った大刀を正眼に構えた。

宗次は下段。

二人の顔に〝真剣〟が漲《みなぎ》ってゆく。

（こ奴、矢張り凄い。剣だけは高い位《くらい》を極めてやがる）

そう思って宗次は戦慄《せんりつ》した。久し振りに味わう戦慄だった。心地が良くもあった。

下段対正眼。二人は長いこと動かなかった。

（互角か……いや、野郎の方が上かも知れねえ）

微動もしない無言の対峙《たいじ》の中、宗次は次第にそう思い始めた。

背中に汗の粒が噴き出し始めたのが判る。が、恐れは皆無であった。

と、野郎の剣が正眼から下段へと、用心深く下がり出した。

そこを狙って宗次に打ち込まれぬよう、ゆるりと半歩退がりながら。

（霞真刀流退がり構え……見事だ。全くスキが無い）

宗次は、そう感心した。見事にスキが無いだけでなく、実に美しい身構えでもあると思った。足の開き、腰の沈み加減、刀の柄にかける両手の下がり角度、やや上げ気味の左肩、どれも完璧な美しさである、と感動しさえした。

（こいつあ、えれえ奴を相手にしちまったい）

宗次は胸の内でちょっと苦笑した。ちょっと、である。下手をすると殺《や》られるのは此方人等《こちとら》かも知れねえ、とも思ったのに。

野郎がジリッと一歩出た。

宗次は半歩退がりつつ、下段から右下段へと刀身を移動させ、刃を相手に向けた。

「ふん、揚真流逆刃《ぎやくば》の構えか。そんなもん儂には通用せん」

野郎は、せせら笑った。宗次は言葉を発した時の一瞬を捉《とら》えて打ち込もうとはしたが、微塵《みじん》のスキも見せぬ相手だった。

(なんてえ野郎だ。この野郎、言語に絶する長きに亘《わた》る荒修行をやり遂《と》げてるぜ)

と感じて宗次は、次第に本物の恐怖を覚え出した。これ程の相手と対峙したのは、真剣修練で養父梁伊対馬守隆房と向き合った時以来である。

養父との真剣修練では、五本立ち合って寸止めで一本取るのがやっとの宗次だった。その寸止めも、養父に打ち込まれた場合は薄紙一枚の差で刃が止まった恐怖を味わわされてきた。

段違いの養父の強さだった。その強さを宗次は今、相手に覚え始めていた。

野郎がまたジリッと一歩出る。

宗次は更に退がった。誰が見ても圧倒されていると判る月下の宗次であった。

（ふうっ……）

宗次は相手に気取《けど》られぬよう、小さく息を吐いた。

とたん、野郎が飛燕《ひえん》の動きを見せた。

十六

ようやく『夢座敷』の裏口まで辿《たど》り着いた宗次は馬上から滑り落ちるようにして地に両足先を触れた。月明りの下、全身血まみれだった。

地に足先を触れただけで、全身に激しい痛みが走った。

直ぐ目の前にある『夢座敷』の裏口が途方もなく遠くに感じられた。

「ここでな、暫《しばら》く待っていてくれ」

宗次は馬に囁《ささや》きかけて、よろめきながら裏口に体を預けていった。

からくり仕掛けを解いて裏口を開けた宗次は、石畳伝いに幸の離れに近付いた。

左へ顔を振ってみると、二階左端の座敷だけに明りが点っている。障子に人の影が映っていた。その座敷が、御大尽《おだいじん》に使われる事が多い『夢座敷』では格上の座敷であることを宗次は知っていた。

宗次は幸の居間の丸窓障子へ顔を近付けた。

「幸……いるかえ」

中で人の気配があって丸窓障子が開いた。

「まあ、お前様」

「すまねえ。入れてくれい」

「はい」

幸は直ぐさま雨戸を一枚開け外に出るや、宗次の体の汚れも構わず引きずるようにして居間へ入れた。

「とんでもねえ野郎を倒しはしたが、俺もかなりやられた」

「話はあとで……」

幸は手早く宗次の傷の手当を始めた。このような場合のために、焼酎《しょうちゅう》や幾種類かの薬草軟膏《なんこう》の備えを欠かさぬ幸だった。

「左肩と右脚の傷が少し深いですけれど、あとの数か所は浅いと思います」

幸はそう言いながら焼酎で消毒した傷口に手ぎわよく軟膏を塗り込んでいった。これ迄《まで》に幾度となく真剣の争いに巻き込まれてきた宗次であるから、応急の手当は心得ざるを得ない幸だった。

「もう店は閉めていい刻限じゃあねえのか」

「二階の座敷だけ、少し前から是非にと言われてお貸ししています。酒も料理もいらないからと」

「一体誰でえ、こんな刻限に」

「清水屋様、三嶋屋様、加倉屋様……なんぞ大事な打合せがあるとかで、座敷女中も遠慮するように言われています」

「清水屋、三嶋屋、加倉屋……妙な組合せじゃねえか」

「大店《おおだな》三店のつながりなど、『夢座敷』には関係ありませぬから」

「幸……」

「はい」

「今からの俺の動き、目をつむっておくんない」

「はい。お前様のなさることですもの。でも動けましょうか」

「大丈夫だ。店の者に気付かれぬよう二階へ上がりてえんだが」

「この離れへの渡り廊下を渡って直ぐ右手奥の、非常用の階段なら」

「むう、あの階段か」

頷《うなず》いて宗次は顔をしかめ、二刀を預けた幸を残して部屋を出ると、教えられた非常用の階段を顔をしかめて二階へ上がった。

奥の部屋の障子から明りが漏れている。

宗次は用心深く近付いた。

声が漏れていた。宗次には加倉屋多左衛門の声と判った。

「年に一度とは言え、これ以上何百両も貢《みつ》がされる訳には参りませんよ兄さん」

「うむ。幸い清水屋も加倉屋も三嶋屋も繁盛《はんじよう》しているから耐えられているが、これ以上調子付かせる訳にはいかんな。そろそろあの野郎を消す工夫をせんことには」

清水屋玄三郎の声だった。

「しかし御頭《おかしら》。私達は義賊集団〝炎《ひ》の鳥〟を解散してもう長く善人の道を歩んで来ておるんです。主な右腕だった爺《と》っつあん達三人も老いはしましたが、何とか増上寺門前町で小さな商売を続けられています。いくらあの野郎に義賊時代の弱みを握られているとはいえ、いま殺しに手を染めるのは、どうかと思います」

（これは三嶋屋の主人《あるじ》の声だな……それにしてもこいつあ驚きだ。清水屋、加倉屋、三嶋屋が上方を荒し回っていたあの本格義賊集団〝炎《ひ》の鳥〟の頭《かしら》連中だったとは……）

宗次は胸の内で驚きを繰り返した。

「それにしても、用心棒として長く〝炎《ひ》の鳥〟を支えてきたあの野郎が、何でまた桑津藩の目黒下屋敷で芳澤伊豆守様の一族を気取っていやがるのかね。しかも、その伊豆守様が近近、町奉行所を支配下に置く老中へと上り詰めなさるらしい……あの野郎を放ってはおけない。ますます力を付けて、我我の弱点に食い付いてこよう」

そう言い終えて大きな溜息《ためいき》を吐《つ》いたのは、清水屋玄三郎と宗次には判った。

「どうしても、あの野郎を殺《や》りなさるのか兄さん。もし失敗すれば、今日まで善人として歩んできた我我の身代《しんだい》はたちどころに……」

不安そうな加倉屋多左衛門だった。

「あいつを野放しにしておく方がまずい。何としても消えて貰わねば、我我の善人道が成り立たぬわ」

強い口調の清水屋玄三郎だった。

宗次は（やれやれ……）という顔つきになってから、ウッと痛みに耐えた表情になり、障子に手をかけ静かに引いた。

「冗談じゃねえぜ、大店の主人《あるじ》さん達よ」

宗次はちょっとよろめきながら座敷に入った。

「こ、これは先生……宗次先生ではありませんか」

「そのお体の傷は一体……」

「ま、まさか今の私共の話を先生……」

三人それぞれが立ち上がらんばかりに驚愕《きょうがく》して大きく目を見張った。

「ああ、全て耳に入りやしたぜ皆さん」

「………」

「桑津藩目黒下屋敷の野郎なんざ、放っておきなせえ。奴はもう無害でさあ」

「無害……それはどういう意味です先生」

清水屋玄三郎が障子を背に立ったままの宗次ににじり寄った。目つきが、うろたえている。

「この浮世絵師宗次が、新作浮世絵の中に野郎を閉じ込めたって事でさあ」

「閉じ込めた？」

「そう。閉じ込めた。この宗次を信じなせえ」

「もしや先生。その体の傷は奴との諍《いさか》いが原因ではございませんか」

「か細い腕の浮世絵師が争いなどしませんや。これは目の前で熊と向き合《お》うて獣の襖絵を描いている最中に襲われやしてね」

「く、熊と向き合って襖絵を？」

「ま、私《あつし》の事はどうでもいいやな。目黒の野郎を消すのどうのは止《よ》しなせえ。ひたすら商道一本を突き進みなせえ」

「先生……」

「世の弱い者に優しい目を注いで下さるなら、この宗次、御三人の昔の事は生涯胸の内に秘めておきやす」

「先生、それは誠でございますか」

「この宗次に嘘《うそ》はござんせん。冗談もござんせん、信じておくんない」

白い歯を覗かせて笑った宗次の顔が、また苦痛で歪《ゆが》んだ。

どこかで夜烏《よがらす》が、ひと声鳴いた。

「それから、加倉屋多左衛門さんよ」

「は、はい」

「開音寺の和尚《おしょう》が自立的に薬草栽培が出来るよう、ひとつ力を貸してやってくんない」

「わかりました。確かに承知しました。お約束致します宗次先生」

「清水屋さんも三嶋屋さんも、弱い者、貧しい者へ、ひとつ頼みましたよ」

そう言い残し、宗次は苦痛で顔を歪めながら座敷を出た。

清水屋、加倉屋、三嶋屋は廊下にまで出て、宗次の後ろ姿に向かって、ひれ伏した。

階段で振り向いた宗次が、付け足すようにして言った。

「お宜しいな。弱い者、貧しい者を救うてやりなされ。さすれば菩薩《ぼさつ》様はお許し下さいやしょう……お宜しいな」

言い残して、宗次は階段を下り出した。

改めて無言のまま、ひれ伏す三人の大商人たちであった。

階段の下に、幸の美しい姿が宗次を待っていた。それこそ菩薩様のように。

思案橋《しあんばし》　浮舟《うきぶね》崩《くず》し

一

江戸の師走《しわす》はここ数日、空風《からっかぜ》が吹くことも旋毛風《つむじ》が渦《うず》を巻き上げることも無く、まるで春の訪れのような陽気だった。

浮世絵師宗次《そうじ》が湯島《ゆしま》三丁目の柴野南州《しばのなんしゅう》診療所を、心地よい絵仕事疲れと共に後にしたのは、暮れ七ツ半（午後五時）に少し前の頃であろうか。

柴野南州は蘭方《らんぽう》（オランダ医術）の名医として江戸では広く知られた存在であり、「白口髭《しろくちひげ》の蘭方先生」と地域の人人から呼ばれて信頼されてきた。

この柴野南州が敷地内に小児専門診療所の建設を計画したのは一昨年《おととし》秋のことで、その清貧にして人徳すぐれたる人柄が敬《うやま》われていることもあって、浄財たちまちにして集まり、半月《はんつき》ほど前に小児診察室と小児入院棟の完成を見たのだった。

その小児診察室の東側と西側の白壁一面に、宗次は柴野南州の求めに応じて渾身《こんしん》の大作『浦島竜宮物語《うらしまりゅうぐうものがたり》』を描き上げたのである。とくに幼児《おさなご》に解《わか》り易《やす》くするため十四枚の絵から成る物語であり、誰が誰に何を語りかけているかは子供の頭で自由に想像させる工夫がこらされていた。検討に一か月、描き上げるのに四か月を要し、今日の昼八ツ半頃（午後三時頃）ようやく絵筆を措《お》いたのだ。

「あら先生。俯《うつむ》き加減に歩いてどうしたのさ。似合ってないよ。寄ってきなさいな」

不意に左の頬《ほお》に聞き馴《な》れた黄色い声が当たったので、確かに俯き加減に歩いていた宗次は「え？」と、顔を上げた。

軒から赤提灯《あかちょうちん》が三つ下がっている居酒屋の前で、女将《おかみ》らしい身形《みなり》の若くはないと判《わか》る女が、「さけ、あわもり」と書かれた白提灯を軒に掛けようと、背のびの姿勢を取っていた。右手に白提灯、左手に小蠟燭《ころうそく》を手にしているから足元が定まっていない。背すじが泳いでいる。

「任せな、八重《やえ》女将……」

宗次は女に近付いていくと、すらりと背丈に恵まれているから、訳もなく白提灯を軒下に吊るし小蠟燭で明りを点《とも》してやった。

「ありがと先生。ちょいと寄ってきなよ。職人の仕事仕舞《じまい》の七ツ半がそろそろだから、間もなく元気のよい鳶《とび》や大工、左官たちが、どっと押し寄せてうるさくなるよ。今ならまだひとりも客は無し。だから、誰にも内緒で思い切り奢《おご》ったげる」

宗次はふっと苦笑したあと小さく頷《うなず》くと、「さ……」と促す女将の後について暖簾《のれん》を潜り、煮魚《にざかな》の匂いが満ちている店の中へと入った。

「よっ、宗次先生、久し振りじゃあねえの」

白髪《しらが》の目立つ頭半分を隠すほどに白手拭いを巻きつけた主人《あるじ》の源六《げんろく》が、調理場から甲高《かんだか》い声を威勢よく放った。湯島界隈《かいわい》では一等人気のこの居酒屋『げんろく』は馴染《なじ》み易《やす》い店の名前と、親父《おやじ》の威勢の良さと、魚介料理の旨さで気の荒い職人客が引きも切らない。

「父ちゃん、今夜は宗次先生に大盤振舞《おおばんぶるまい》してやっとくれ。父ちゃん持ちでさ」

「よしきた母ちゃん、任せときねえ」

まさに阿吽《あうん》の呼吸の夫婦だった。源六も八重も浮世絵師宗次が大好きなのだ。

「何をそんな所に突っ立ってんのさ。今に飛び込んで来る鳶の兄《あん》ちゃん達に突き飛ばされちゃうよ。さ、こっちへ来なよ先生」

店に二、三歩入ったところに佇《たたず》んだままの宗次の腕《かいな》を八重女将はむんずと摑《つか》むと、調理場と向き合った席へ、肩を押さえ込むようにして座らせた。

そこは店土間《たなどま》（客土間）に向かって、調理場が二間《けん》半ばかりの間口を開《あ》けており、その間口の端から端へ一尺半幅の板を渡してある席（今で言うカウンター席）であった。

「先《ま》ず先生。熱燗《あつかん》にしなさるかえ、冷酒《ひや》にしなさるかえ」

「何を言ってんだよ父ちゃん。今宵《こよい》の先生は何だか疲れていらっしゃるんだ。こんな時こそ父ちゃんが手際《てぎわ》よく、ぱっぱっぱっと次から次に出すんだよう。先生は好き嫌いの無い御人《おひと》だから」

「判ったよ母ちゃん。手際よく、ぱっぱっぱっぱだな」

宗次は確かに疲れてはいたが、思わず低い笑い声を口から漏らしてしまった。

この夫婦の明るさにひかれて、住居《すまい》がある八軒長屋そばの居酒屋『しのぶ』

の次に暖簾を潜ることが多い宗次だ。

「今日入った薩摩泡盛《さつまあわもり》の新酒だい。先《ま》ず味見してみな先生よ」

源六が宗次の目の前に、風船のように丸い大きめな徳利《とっくり》と、ぐい吞《の》み盃《さかずき》を音立てて置いた。

「ほう……薩摩泡盛ときたか」

宗次は目を細め、表情を和《やわ》らげた。

琉球《りゅうきゅう》では応永《おうえい》二十七年(一四二〇)にシャム(タイ王国)との交易で焼酎《しょうちゅう》の輸入が始まっていたことから、明応《めいおう》年間(十五世紀末頃)には独自手法で生産されるようになり、これが「琉球泡盛」と呼ばれた。

この「琉球泡盛」は時を空けずして薩摩国《さつまのくに》の島津《しまづ》公に献上され、それを契機として薩摩領内の庶民《しょみん》にまでたちまち普及していったのである。そしてこれは「薩摩泡盛」と名付けられた。

「旨いねえ。いい味の泡盛だい。親父さんにはこれほど旨い『薩摩泡盛』が手に入る確かな仕入先があるのかい」

「おうよ。よっく訊《き》いてくれたい。江戸に出てきて早、二十五年になるが、古里の薩摩では炎《ひ》の山桜島《やまさくらじま》を海の直《す》ぐ向こうに見てよ、二つ年上の兄貴が今も手広く酒屋を営《や》っているんでい」

「ほう、それで泡盛の旨いのが時たま手に入るのかい。しかし、そいつあ、はじめて聞く話だなあ。私《あっし》は親父さんはてっきり江戸者《えどもん》だと思っていやした。早口のべらんめえ調がなかなかに見事だしよ」

「へへへっ、大好きな宗次先生よ。これまで通り江戸者《えどもん》にしておいておくんない。ずうっとそれで押し通してきやしたから、今さら男度胸の薩摩生まれだ、なんてえ胸張り難《にく》いやな」

「ははは。心得たよ親父さん。いいねえ炎《ひ》の国の男ってえのは心《しん》が太くって温《あった》かでよう。ますます親父さんが気に入ったい」

「ええい、くそっ。こうなったら先生に、大鯛《おおだい》を一匹塩焼きで捧《ささ》げらあな。いいな、母ちゃん」

「あいよ。大鯛でも鯨《くじら》でも宗次先生に捧げとくれ」

「よしきた」

「おいおい親父さん、それじゃあ商《あきな》いにならねえぜ」

「なあに。商いなんぞ糞《くそ》くらえ、だい」

言うなり源六は、まぎれもない大鯛を組《まないた》の上にのせ、庖丁《ほうちょう》を手に手際よく鱗《うろこ》を落とし始めた。

そこへ、まるで申し合わせていたかのように、鳶、左官、大工をはじめとする職人衆が、道具箱を肩に担いだり脇に抱えたりして、一斉に店に飛び込んできた。飛び込んできた、という表現そのままな元気の良さだ。

「よう宗次先生、今日はまた早いじゃねえですかい」

「絵仕事の帰りに、ちょいと喉が渇いたもんでな……」

「南州先生ん所《ち》の『浦島竜宮物語』はいつ完成なさいやすんで」

「おや、何を描いていたかは伏せていた積もりなんだが、知っていたのかえ」

「当たり前だあな先生。この大江戸の職人野郎共は皆、先生が大好きなんでい。先生が、いつ、どこで、どのような絵仕事に一生懸命打ち込んでいなさるかなんぞ、大江戸の職人野郎共には直ぐに伝わりまさあ」

「ははは、怖いな、そいつあ」

「儂《あっし》ら職人野郎共は、先生の絵仕事をそれとなく守って差し上げよう、と申し合わせているんでい。ほらさあ、先生よ。少し前に江戸大工の長老的存在である大棟梁《だいとうりよう》東屋甚右衛門《あずまやじんえもん》（八十二歳）さんの神田屋敷の襖四枚の端から端にかけてよ、一年近くも絵筆を持って『働いて明日』と題した職人たちの働き動く大作を描いて下すったじゃねえですかい」

「ああ、あれねえ……」

「あの大作を観せて貰《もら》うため、職人たちは現在《いま》も大棟梁の神田《かんだ》屋敷に押し寄せていまさあ。あの大作でよう宗次先生。先生は儂《あつし》ら職人野郎共の生き神様みたいになったんでい」

一人が喋《しやべ》り続けた言葉ではなかった。四、五人の鳶や大工たちが、先に喋った者の後に続くかたちで、次次と宗次に話しかけてくる。

「ありがとう、皆《みんな》……」

宗次は立ち上がって深深と頭を下げた。宗次にとって実は、この大江戸における職人たちの繋《つな》がりとか組織は、何かが生じた場合の強力な情報網《じようほうもう》となっている。

宗次は八重女将と顔を合わせた。職人たちの言葉に胸打たれたのか女将の目が赤くなっている。

「女将よ、実は南州先生ん所《ち》の『浦島竜宮物語』は、今日で全て終わったんだ」

「あら、出来上がったのかえ先生」

「ああ、そういうことだい。なんとか上手く完成だ。だからよ、今夜は私《あっし》の奢《おご》りだい。兄《あに》さん達に思いっ切り呑ませてやっておくんない」

「あいよ、判った」

職人たちの間から、「わあっ」と歓声があがった。万歳をする者もいる。

「私《あっし》の奢りだい」という宗次の声が店の外、夜陰《やいん》に響き渡った訳でもあるまいが、職人たちが更に次から次と訪れ、いつの間にか鳥追女《とりおいおんな》も混《ま》じって、三味線《しゃみせん》が鳴り出した。

「凄《すご》いね、宗次先生の人気は、やっぱ……」

大鯛の鱗《うろこ》を剥ぎ落として三枚におろし終えた主人の源六が、首を振り振り苦笑をこぼした。

宗次は小声で訊《たず》ねた。

「それを皆よ、塩焼きにするのかえ」

「冗談じゃねえやな先生。塩焼きは勢い言葉だあな。ま、ともかく料理は心配しねえで、儂《あっし》に任せておくんない」

「うん、そうだな」

宗次が頷いた時であった。店口《たなぐち》の方へ何気なしの視線を向けた源六の表情が止まった。

そうと気付いて、宗次も店口《たなぐち》の方へ顔を振って、「あ……」と小声を漏らした。

暖簾の端を右手で少し開けて、顔半分を覗《のぞ》かせている者があった。

その視線——鋭い——に捉えられていると判った宗次は、そろりと腰を上げた。

「すまねえな親父さん、また来《く》らあ。職人の兄《あに》さん達には充分に呑ませてやっておくんない。『浦島竜宮物語』の完成祝いだからよ」

宗次の小声に、「うんそうだな。そうするから」と矢張《やは》り声低く応じる源六であった。

三味線と軽快な小唄と手拍子の喧噪《けんそう》の中を、宗次が然《さ》り気《げ》なくゆっくりとした足取りで店口《たなぐち》の方へ歩き出すと、暖簾の端から覗いていた顔が引っ込んだ。

誰かが宗次の絵を話題にでもしているのか、『浦島竜宮物語』という言葉が騒がしい中、宗次の背中を追ってくる。

宗次が此度《こたび》描《えが》いた『浦島竜宮物語』の源《みなもと》は、京都の与謝《よさ》郡伊根《いね》村（現・伊根町）にある浦嶋神社《うらしまじんじゃ》（正しくは、宇良《うら》神社）に納められている絵巻物（一巻）「浦島明神縁起《みようじんえんぎ》」（重要文化財）にあった。

この絵巻物は「古代」から語り継がれてきた浦島伝説を、詞書《ことばがき》（対話文とか説明文など）の無い十四連の絵で筋が運ばれているものである。

『伊根村の善良な漁師が与謝の海で亀を釣り、実は美しい仙女であるこの亀に誘われて海の底の竜宮を訪れ、きらびやかな楽しい生活に年月をすっかり忘れるが、やがて故郷に帰る日がやってきて仙女からお土産《みやげ》に玉手箱を貰い、年若い姿形のまま陸に戻って漁師が植えた老松の下でその玉手箱の蓋《ふた》を開けると白い煙りが立ちのぼりたちまち白髪白髭の年寄りになってしまった』という件《くだり》は古代から変わっていない。

浦嶋神社のこの絵巻物には右の物語絵に加えて、田楽《でんがく》や相撲《すもう》、流鏑馬《やぶさめ》、競《くらべ》馬《うま》などの祭礼の様子が巧みな絵筆で描き足されている。

だが、画家の名は判っておらず、鎌倉《かまくら》時代末期から室町《むろまち》初期にかけての作ではないか、と見られていた。

この「浦島明神縁起」を無論のことよく学び知っている宗次は、自分が南州診療所の小児診察室に描いた絵を見た子供たちが、「時」という「空間」の大切さについて思いが及ぶよう、工夫に工夫を重ねて描いた積もりだった。

それは兎《と》も角《かく》、居酒屋『げんろく』の外に出た宗次を待ち構えていたのは、紫の房付き十手《じつて》を帯に通した目つき鋭い御用聞き（目明し）であった。言わずと知れた、春日町《かすがちよう》の平造《へいぞう》親分である。

辣腕《らつわん》親分として江戸庶民で知らぬ者なし、とまで言われている平造親分は、度重なる手柄によって北町奉行島田出雲守守政《しまだいずものかみもりまさ》（実在）から紫の房付き十手を下《か》賜《し》されていた。この「紫の房」には、武家屋敷を除いて「江戸市中どこでも御免」の大きな権限が付与されている。

更に「社寺まで踏み込み可」という老中決裁まで得ているから凄い。

また、御用聞きの十手は後ろ腰に差し通すことが原則、とされていたが、「紫の房」付き十手は、脇腰通し(両刀差しの位置)が許されていた。

しかしながら、与えられている権限行動範囲が大きく広いということは、平造親分の御役目にはそれだけの危険が伴なう、ということにもなる。

「厳しい顔つきですね親分。何かありやしたね」

宗次と平造親分は気心が知れ合った仲だ。親分の妻子の姿絵を無代《ただ》で描いていたく感動されたこともあり、よく酒も酌《く》み交わす。

「ほんの少し前《めえ》に、また殺《や》られたよ先生……」

「えっ」

「今度は三代目浮舟《うきぶね》だい」

「なんと……」

宗次は茫然《ぼうぜん》となった。

「畜生《ちくしょう》め。これで浮舟殺しは三人目になっちまった。二代目浮舟に続いてよ」

「現場は？……」

「それもまた思案橋《しあんばし》を渡って直ぐの所でさあ。一人目と同じく一刀のもとに袈《け》

「袈裟斬りだあな」

「酷《むご》いことを……下手人は侍《さむれえ》で決まりだな」

「あの斬り口は、そう見て間違いねえ。三代目浮舟の住居《すまい》も二代目浮舟と同じ湯島の『五丁町長屋《ごちょうまちながや》』だというんで行ってみたら、五、六歳の女の子が熱を出して臥《ふ》せっていたのでよ、柴野南州先生に事情を話して預けてきたところだい」

「子供がいたかあ……」

「一人な……親無しっ子になっちまったい。許せねえ」

「その子の熱の方は大丈夫ですかい」

「南州先生が『心配ない。任せておけ』と言って下すったい。それに、宗次先生が『浦島竜宮物語』を仕上げて診療所を後にしたところだ、と聞いたんで、こうして追ってきたんだ」

「下手人の探索、手伝いやすぜ。何でも言っておくんない」

「有り難《がて》え。先生は大江戸の職人達に好かれていなさる。そこから漏れ伝わってくる情報量は凄《すげ》えと思うんで、ひとつ頼みまさあ」

「心得た。今宵《こよい》も『げんろく』は職人達で既に混んでいやすが、ま、今夜は思い切り呑ませてやって、あれこれに関しちゃあ明日《こ》からにさせておくんない親分」

「承知合点《がってん》。じゃあ、ひとつこの通り……」

と、平造親分は宗次に対し、謙虚に腰を折り頭を下げてみせた。

「水臭《みずくせ》え真似《まね》はお止《よ》しなせえ親分。それよりも下手人は凄腕の侍《さむれえ》らしい、と来ているんだい。探索は充分の上にも充分に用心して下せえよ」

「ああ。俺《おれ》にも大事《でえじ》な女房と幼子がいるからよ」

「親分は竹内《たけうち》流小太刀《こだち》の業《わざ》や十手《じって》捕縄術《とりなわじゅつ》に長《た》けていなさるから、余程じゃねえと心配は無《ね》えとは思いやすがね……」

「が、油断は禁物だい。じゃあ先生、今夜のところはこれでな……」

「そのうちまた、盃を交わしやしょう」

「おう。事件解決の目処《めど》がついたらよ」

凄腕の平造親分は、そう言い残して闇の中を走り去った。与力同心旦那の指示を受けて、今宵は下手人《げしゅにん》を追って江戸市中を駆けずり回る事になるのであろう。

宗次は、月が雲間《くもま》から出たり隠れたりしている夜空を仰ぎながら「こいつぁ……黙っちゃあおれねえなあ」と呟いた。

小さな溜息《ためいき》を漏らした宗次は、腕組をして平造親分が走り去った方角とは真逆の方へ足早に歩き出した。

行き先は既に肚《はら》の内で決まっていた。「五丁町」である。これは浅草《あさくさ》（千束《せんぞく》界隈）にある幕府公許の遊廓《ゆうかく》「新吉原《しんよしわら》」を指していた。

吉原遊廓は明暦《めいれき》三年（一六五七）の未曽有《みぞう》の大火（振袖《ふりそで》火事とも）までは日本橋葺屋《ふきや》町《ちょう》（現・人形町界隈《にんぎょうちょう》）にあったが、大火によって幕命《ばくめい》により浅草へ強制的に移転させられ、以来、焼失した日本橋《にほんばし》吉原を詞《ことば》とする際は「元吉原《もとよしわら》」、強制移転後の浅草吉原を「新吉原」と称した。

この両吉原のことを、吉原権力を枕としている名主《なぬし》たちは「吉原」などとは口に出さず「五丁町」と言うことが多かった（単に「丁《ちょう》」とも）。

その理由《わけ》は「元吉原」内に江戸町《えどちょう》一丁目、江戸町二丁目、京町《きょうまち》一丁目、京町二丁目、そして角町《すみちょう》の「五町」が存在したことによる。

強制移転後の「新吉原」はその広さ凡《およ》そ二万坪《つぼ》余（東京ドームの約一・四倍）に規模が拡大し、したがって町数も増えはしたが、吉原権力すじの「五丁町《ごちようまち》」という表現の仕方は変わらなかった。

ただ凡下《ぼんげ》の者（一般市井《しせい》の民《たみ》）たちは、「新吉原」が江戸の北方に位置したこともあって誰言うとなく、「北里《ほくり》」あるいは「北国《ほつこく》」など、何処《どこ》となく哀切な調べで呼んだりした。

師走《しわす》の夜だというのに、まるで春を思わせる陽気の中、宗次は少し汗ばんで「新吉原」を目の前とする五十間道《ごじつけんみち》を進み、右手に高札場《こうさつば》、左手に大きな柳の木を見て大門《おおもん》口の少し手前で佇《たたず》んだ。大門の内側からは三味線の音《ね》が流れてくるし、その内外は、「入り客」と「去り客」で活況を呈《てい》している。侍の姿も少なくない。

「あれ？」

顔に冷《つめ》たいものが一粒二粒と当たり出したので、宗次は夜空を仰いだ。「げんろく」の店前《たなまえ》では見えていた筈《はず》の月も星屑《ほしくず》も、いつの間にか全く見えなくなっていた。それどころか冬雷様《ふゆかみなりさま》が遠くの方で鳴り出している。

「浮舟の無念の涙雨かねえ……」

呟いた宗次は、首にも当たり始めた冷たいもので、肩を窄《すぼ》めて大門を潜ろうとした。

「おや、宗次先生ではございませんか」

不意に背後から声を掛けられて、前に足を踏み出しかけていた宗次の上体が、おっとっとっと泳いだ。

振り向いた宗次の顔が少し緩んだ。

「これは親父殿《おやじ》。いま、お訪ねしようと思っておりやした」

「それはそれは。じゃあ立ち話もなんですから、兎も角も参りましょう。ぽつりぽつりと冷たいものも頬に当たりますよってに」

宗次に穏やかな声を掛けたのは二人の若い衆を後ろに従えた、にこやかな表情の杖《つえ》を右手にした身形《みなり》よい白髪の老人であった。この新吉原の「総名主」の地位（筆頭名主）にある庄司又左衛門《しょうじまたざえもん》（実在）で、此処《ここ》では誰彼から「親父」と呼ばれている。日本橋の「元吉原」から始まるこの絢爛《けんらん》たる「遊廓」は、小田原《おだわら》北条《ほうじょう》家の元家臣であった――（と伝えられる）――庄司甚右衛門《しょうじじんえもん》（実在）と志《こころざし》を同じくする仲間たちの尽力《じんりょく》によって「幕府の許可を得た遊廓」として二代様（徳川秀忠《とくがわひでただ》）の時代、元和《げんな》四年（一六一八）に開業したものである（歴史的事実）。

正式許可が下りたのは前年の元和三年（一六一七）のことであった。

そしてその当初から庄司家は、吉原五町の名主を束ねる「総名主」つまり「親父」の地位にあって、いま宗次と肩を並べて歩く老人は、三代目の親父たる総名主である。

ここで大事なことは、「遊廓」とは幕府公認唯一《ゆいいつ》の銘柄（ブランド）であって、たとえば品川《しながわ》遊廓とか新橋《しんばし》遊廓とか神楽坂《かぐらざか》遊廓などは存在しないし「遊廓」と表現してはいけないということだ（京・二条柳町《にじょうやなぎまち》および大坂・新町《しんまち》も豊臣秀吉《とよとみひでよし》許可の「遊廓」ではある）。

したがって「遊女」とは「遊廓」の女性《にょしょう》のみを指すと心得ておくべきで、東海道《とうかいどう》五十三次の宿《しゅく》などが抱えるいわゆる飯盛《めしもり》女郎は「遊女」とは言わないし、少しは格が高いとか言われている深川《ふかがわ》の女郎でも「遊女」ではないのであった。

「足腰の調子は如何《いかが》でござんすか親父殿」

「いやあ先生。もう、いけませぬわ。私も年が明ければ七十歳です。そろそろお迎えが参りましょう」

「何を縁起でもないことを……医者へはきちんと通うておられやすね」

「はい。今も鍼灸《しんきゅう》の先生に診て貰《もろ》うての帰りですが、次第に効かぬようになって参りましたわい。あと一年くらいの命ですかのう」

「お止《よ》しなされ。五丁町を束ねる地位にありやす御方《おかた》が、往来で弱音《よわね》はなりやせん」

「ははは……大好きな宗次先生に叱られてしもうた」

力なく笑って総名主又左衛門は大門口の真下で立ち止まった。

板葺き屋根付きの大門（冠木門《かぶきもん》）には大小沢山《たくさん》の提灯が下がっており、その向こうに真っ直ぐに伸びた「吉原目抜き」と呼ばれている仲《なか》の町《ちょう》の大通りの左右には、俗に「七軒」と称されている二階建の引手茶屋（大茶屋）がずらりと軒を並べ、その二階の軒下からも数え切れない程の提灯が下がっている。

此処はまさしく、不夜城であった。どの障子窓にも明りが点《とも》って三味線の音《ね》に合わせたくるくるとした舞い姿が映ったりしている。控えめな遊女の笑い声も聞こえてくる。

「いつまで、この美しい五丁町の夜景が見られることやら……のう先生」

「まだまだ十年も二十年も平気でござんすよ。雨粒が大きくなって参りやした。さ、親父殿……」

「うん」

宗次に促されて目を細めて頷いた又左衛門が、その一瞬の後《のち》ガラリと表情を変えて大門の内へ一歩を踏み入れた。目つきが鋭くなっている。

総名主の目つきだ。

大門を入って直ぐ左手に町奉行所同心の詰所として面番所《めんばんしょ》（治安警護所）があり、右手直ぐが四郎兵衛会所《しろべえかいしょ》（女の出入りの監察）であった。

吉原・京町の妓楼《ぎろう》『三浦屋《みうらや》』の傭人《ようにん》である四郎兵衛という人物がこの会所の責任者（監視人）として初めて詰めて以来、この会所自体が「四郎兵衛会所」と呼ばれるようになっていた。

「親父殿。ちょいと先に面番所へ行かせておくんなさいやし」

「承知しました。今宵は一杯付き合っておくれだね宗次先生」

「へい。親父殿の体調に差《さ》し障《さわ》りが無《ね》え程度にならなら……」

「はい」

頷いて又左衛門はすたすたと歩き出した。二、三年前からの足腰の痛みがかかりである筈なのに、この不夜城に一歩踏み込んだら凛《りん》とした姿勢を忘れない。

「直ぐに参りやす。兄《あに》さん、親父殿の足元をな……」

「へい。心得てござんす。お早く御出《おいで》を先生」

「直ぐに済ませっから」

「そいじゃ……」

又左衛門に付き従っていた用心棒風情《ふぜい》の若い衆と短く囁《ささや》き交わした宗次は、同心詰所である面番所へと急いだ。と、言っても目の前だ。

粒雨が少し勢いを増し始めた。

「入らせて戴きやす。開けてよござんすか」

障子の引き手に手を掛けて、宗次は中へ声を掛けた。

「誰でい」

と、まるで、はぐれ者《もん》のような返事が返ってきた。野太い声だ。

「宗次……浮世絵師の宗次でござんす」

「おう、宗次先生ですかい。構わねえから、入んねえ」

と、侍言葉には程遠い。

「失礼致しやす」

宗次は、大門の内外が見渡せるようになっている滑りの余りよくない格子窓付の木戸を、静かに開けて番所に入った。

中では奉行所三廻《さんまわ》り役の一《ひとつ》である隠密《おんみつ》廻り同心（奉行に直属）二人と三人の下っ引きが、せかせかと旨そうに皆、御重《おじゆう》を食らっていた。冬場に限っての徳利が一人に一本ずつ付いている。御重は吉原の町費による毎度の差し入れであった。

この面番所は下っ引きを伴なった隠密廻り同心が、昼夜二人ずつ交替で詰めることになっている。

忙しそうに箸《はし》を動かしている同心、下っ引き共に、宗次の顔見知りであった。「おい」「お前」の仲ほどは親しくないが、それでも居酒屋などで顔を合わせることがあると徳利と盃を持ち寄ったりはする。

「どしたんでい宗次先生。こんな刻限に『五丁町』で絵仕事でもありますめえ」

そう言いながら箸を置いて、手早く盃に酒を満たし宗次に差し出したのは、白髪まじりの古参同心、浅河仁三郎《あさかわにさぶろう》（四十五歳）であった。

宗次は顔の前で右手を横に小さく振った。

「いや、申し訳ありやせんが今宵は遠慮させて戴きやす。それよりも浅河様、少し前に思案橋近くで、今度は三代目浮舟が殺《や》られやした」

「なんだと……」

「平造親分の話じゃあ、一刀のもとに袈裟斬りだとか……」

同心二人、下っ引き三人の箸が動きを止めた。五人が五人とも衝撃を受け、呼吸《いき》をするのを忘れて目を大きく見開いている。

「私も平造親分から聞いて、急ぎ此処へ駆けつけたんでさ。なにしろ浮舟と言やあ、たとえ年季明けで引退した遊女と雖《いえど》もこの『五丁町』では、天女と騒がれている美貌の名妓《めいぎ》・高尾《たかお》の上をゆく最高位でござんす。万が一、現役の浮舟に何かあっちゃあいけねえと思いやして、お知らせに……」

「それにしても惨《むご》い。引退した浮舟を何故に二代目、三代目と次次に……」

「判りやせん。ともかく大門の出入りの様子には、油断ないようにしておくんなせえ」

「判った。よく知らせて下すったい先生」

「私《あつし》はこれから、親父殿の耳へも入れに行って参《めえ》りやす」

宗次はそう言い残して、面番所を出た。いつの間にか雨は止んでいた。

と、四、五歩も行かぬ所で宗次の右の頬に「あっ」という声が当たった。当たったという表現そのままの、余りにも間近だった。

そして、顔を横に振った宗次も同じように「あっ」と驚きの声を返した。

なんと住居《すまい》がある鎌倉河岸は八軒長屋の住人、屋根葺き職人久平《きゅうへい》が目をむいて、額が触れる程の近くに立っているではないか。

「なんでえ、久《きゅう》さんじゃあねえかい」

「せ、先生。吉原で隠れ遊びをなさってたんですねい」

「おいおい、変な言い方は止してくんねえ。私《あつし》は大事な絵仕事《でえじ》の打合せで来たんだ。それよりも久さんこそ隠れ遊びじゃねえのかえ」

「冗談じゃねえぜ先生。いくら腕のよい職人の俺だって、吉原遊びをする余裕なんざあねえやな。妓楼の屋根の葺替えを頼まれてよ。昼間は仕事でびっしり詰まってるもんで、これから見積り仕事だわ」

「そうだったのかい。さすが神の手で知られた久さんの職人業《わざ》っちゅうのは、吉原にまで知られているんだねい。たいしたもんだい」

「ところがよ先生。女房《かかあ》がきらびやかな吉原仕事だと聞いて心配し、鼻息荒く付いて来ているんだわさ」

「え、どこ?……」

「あそこ……」

久平が振り返って指差した方を見て、宗次は思わず苦笑した。大門の真下に久平の女房チヨが、不機嫌そうな顔を提灯の明り色に染めて立っていた。いらいらしている様子が、こちらにまで伝わってくる。

吉原遊廓は、男は大門を「自由に御免」であったが、婦女子はそうはいかない。

「久さん。ちょいと待ってな」

宗次は久平の肩を軽く叩《たた》くと、小駆けにチヨに近付いていった。

「ふん、先生も矢《や》っ張《ぱ》り、こういう所で遊んでいたんだね。長屋じゃあ私《あたし》のおっぱいを大きいだの綺麗《きれい》な形だの柔らかそうだの、なんてえ言っておきながら……」

チヨは囁き声で言うと、ぷいっと顔をそむけてしまった。

「私《あつし》は遊びじゃねえ。絵仕事《えしごと》で来てんだよ。ちょいと待ってなチヨさん……」

そう言い置いて宗次は、大門の直前傍《そば》の編笠茶屋《あみがさ》（五十間道に立ち並ぶ一服茶屋には編笠も売っていたことから）に、小さな下がり暖簾《のれん》の間から顔を突っ込んだ。

「あら、宗次先生、今夜はお遊び？　珍しいわねえ」

初老の女将らしいのが掛け行灯《あんどん》の心細い明りの下で、ニッと笑った。

「絵仕事だあな。すまねえが女将、切手を一枚おくんない」

「先生だからいいけど。身上は大丈夫だね」

「心配ねえ。私《あつし》の母さんみてえな女《ひと》だい」

「わかった。ちょいと待っとくれ」

頷いた女将が奥へ引っ込んだ。婦女子が吉原大門を出入りするには「通り切手」が要《い》った。四郎兵衛会所の割印が捺《お》された半紙型三ツ切の「通り切手」を、交付権限と共に編笠茶屋が預かっている。したがって編笠茶屋のことを、切手茶屋とも称した。

女将が戻ってきて「はいよ、一枚」と、店の屋号を書き記した「通り切手」を宗次に手渡した。普通は、こうは簡単にいかない。

「ありがとよ、女将」

「ありがとよ、はいいけど先生。いつだったか約束した芝居見物、いつ連れていってくれるのさあ」

「すまねえ。次から次と絵仕事が舞い込むもんでよ」

「宗次先生ほどの忙しい大家《たいか》に、そう簡単に連れて行って貰えるとは、こちらも思っていないし、甘える積もりもないけどさあ」

「女将なら幾ら甘えてくれたって構わねえよ。それまでは何処《どこ》ぞでよ、これで旨い料理と酒でも楽しんで、もうちいと我慢していておくんない」

宗次はそう言うと、女将の手に一分金《いちぶきん》（四枚で一両）を一枚摑《つか》ませるなり外へ飛び出した。のんびりはしておれない、今宵の宗次である。「こんなことしなくったって先生え……」と、女将の煙草《たばこ》枯れした嗄《しわが》れ声が困惑《こんわく》したように背中を追ってきたが、宗次は構わず笑顔でチヨに駆け寄った。

「さ、チヨさん。これを持って大門を潜りない」

「なにこれ？」

「通り切手、というやつさ。これがなけりゃあ、婦女子は吉原大門を潜れねえんだ」

「私《あたし》が吉原大門を潜ってどうすんのさあ。いくら大きくて綺麗な胸《おっぱい》をしているからって、太夫《たゆう》になる気なんぞはないよう先生」

「いや、あの、太夫にはそう簡単には……まあ、いいやな。ともかくよ、仲のいい職人夫婦が見積り仕事で訪ねるとね。吉原の名主旦那というのは歓迎してくれるもんなのさ。久さんと一緒に頑張って見積り仕事をしてきな。いい結果が出るからよ」

「え、本当《ほんと》？」

「ああ、本当《ほんと》」

宗次が笑って頷いたとき、四郎兵衛会所から出てきた顔つきにどことなく凄《すご》みのある四十男が、宗次に気付いて「お……」という表情を拵《こしら》えてから、丁寧に腰を折った。

宗次は軽く右手を上げて応じてから声を潜めて、「さ、あの怖そうな顔の男に切手を見せて久さんに飛びついてきなせえ」と促した。

「大丈夫？」

「もちろん大丈夫……もし廓内《くるわない》で怪し気《げ》な誰彼に濁声《だみごえ》なんぞで呼び止められるようなことがあったら『浮世絵師宗次の母です……』とでも言っときねえ。それで吉原大門の内側は充分に通じるからよ」

「母？……ま、いいわ。そいじゃあ……」

「見積り仕事、頑張りねえよ」

宗次はチヨの背中をやさしく押してやった。

自信なさそうに大門を潜ったチヨに、凄みある四十男が笑みを浮かべて自分の方から近寄っていった。当たり前の者なら、怯《ひる》んでしまいそうな四十男の凄み漂う笑みだった。

二

春の陽気を思わせていた吉原の夜は、急に厳しく冷え出していた。

吉原遊廓を出た宗次の足は、明暦の大火まで「元吉原」があった日本橋葺屋《ふきや》町《ちょう》にほど近い思案橋へと急いでいた。日本橋川に注ぐ掘割を跨《また》いで、小網町《こあみちょう》一丁目と二丁目を繋いでいる橋が思案橋である。

吉原（新吉原）の総名主である親父殿（庄司又左衛門）に浮舟三代目の悲報を告げ終えたなら「一杯盃《いっぱいさかずき》」を交わしただけで直ぐに辞する積もりの宗次であったが、聞いて悲嘆《ひたん》にくれる老いた親父殿に「つき合《お》うてくれ……」と盃を次次に勧められると断われなかった。

深酒こそしなかったが、吉原江戸町一丁目木戸の左角にある親父殿の店（妓楼『西田屋《にしだや》』・実在）を辞すのに、一刻ばかりを費《ついや》さざるを得なかった宗次である。妓楼『三浦屋』の名妓・高尾を遥かに超える浮舟の芸術的なまでの育成にこれまで心血を注いできた親父殿だけに、悲報で受けた衝撃は大きかった。年季明けで既に引退の初代浮舟からはじまって、「今浮舟《いま》」（現役の五代目浮舟十七歳）までの五人を、それこそ我が娘《こ》のように可愛《かわい》がってきた親父殿だ。

とりわけ美貌のみならず、ずば抜けて頭も良かった三代目浮舟と親父殿とは歌道（和歌）、書道、茶道、花道を通じての師弟関係でもあっただけに、親父殿はそれこそ声を押し殺すようにして噎《むせ》び泣いた。

傾城屋《けいせいや》（妓楼の意）の楼主らしからぬ豊かな教養を身につけていた親父殿である。

「あ……」

足元がすうっと明るくなり出したので、宗次は立ち止まって夜空を仰いでみた。雲が流れ切って月が顔を出したところだった。無数の星屑《ほしくず》も見えている。

その明りの中を落ちてきた白いものが宗次の額《ひたい》に触れた。冷《つめ》たい。

「なんとまあ……」

思わず初雪とでも言いたくなる師走の雪であった。ほんの、もう数日も後ならば、本物の初雪だ（江戸時代は新年の最初の雪が初雪）。宗次は首をすくめて掘割沿いに足を急がせた。「雪の息」のようなうっすらとした靄《もや》が何処からともなく漂い出している。夕餉支度《ゆうげじたく》のけむりか？　いや、その刻限ならもう過ぎている。

思案橋は薄明るくなった夜の向こうに、ぼんやりと見え始めていた。その手前にある親父橋《おやじばし》へも間もなく手が届きそうだった。

いま宗次が足を急がせている掘割沿いから「元吉原」のあった位置までは、目と鼻の先の近場だ。二十年以上も昔、明暦三年の大火で「元吉原」が浅草へと幕命で強制的に移転させられてから、その跡地は万治《まんじ》、寛文《かんぶん》、と過ぎて延宝《えんぽう》の現在《いま》、新和泉町《しんいずみちょう》、高砂町《たかさごちょう》、住吉町《すみよしちょう》、難波町《なにわちょう》などに名を変えて、さまざまな商売の店《たな》が軒を並べる形態的な町家筋《まちやすじ》として力強く発展していた。

その意味では、大きな犠牲を伴なった酷いという他ない明暦の大火は、江戸の町構造に大改革を促して、均整の取れた巨大都市化を加速させたのだった。決して焦土《しょうど》→貧民街化とならなかったところに、**四代将軍徳川家綱《いえつな》**と有能な幕府重臣たちによる政治の成功があったと言っても過言ではない。「何もせん様」などと市井での意地悪な陰口が決して少なくなかった今将軍(徳川家綱)であったが、「**過ぎてみれば名宰相《さいしょう》**」の囁きが現在《いま》はある。

明暦の大火の時はまだ十六、七歳の若さであった徳川家綱。日日における政治《まつりごと》への決断力は人目につかぬところで、おそらく鋭利であったのだろう。

「おっと……」

小声を出して、急いでいた宗次の足が、町家の陰へと素早く滑り込んだ。

まだ小雪ではあったが、降り方が勢いを増し始めている。

宗次は町家の塀の角から、そっと顔半分を出した。

思案橋を小網町一丁目から二丁目へと渡って直ぐの左側に、明暦の大火で焼け残った柳の巨木が一本ある。

「元吉原」を目指した遊客たちは、なぜか決まって橋の途中で「行こうか、戻ろうか、どうしようか」と迷い、そして遊び過ぎを反省して「やっぱり戻ろ」と決意した者は一応は橋を渡って、柳の巨木をひと回りし、それでも迷い迷いしながら橋を戻ったものであった。そこで、いつの頃からかこの橋が「思案橋」となったのである。

そして柳の木は誰言うとなく「迷い柳」となった。この「迷い柳」が、新吉原においては大門口に通じる五十間道左手に見られる「見返り柳」だった。

しっぽりと濡《ぬ》れ合《お》うた美しい遊女に見送られた遊客が、ここで振り返り振り返り「ああ、うるわしのお前よ……」と、涙ぐむのだ。金《かね》の都合がつけば明日また必ず来るからねえ、と叫んだとか叫ばなかったとか。

叫ぶと必ず「見返り柳」が大枝小枝をふるふると震わせたという。

宗次は「迷い柳」の巨木を、じっと見続けた。小柄な女ならばその姿を充分に隠してしまいそうな「迷い柳」の巨木の向こう陰に、誰かがいる、と捉えたのだ。

雪は止《や》みそうにない。にもかかわらず、夜空の月は輝きを強めている。

「チッ」

一体《いってえ》なんでい不気味な、と宗次は夜空を仰いで舌をそっと打ち鳴らした。

と、「迷い柳」の向こう陰から人がふらりと姿を現わした。雪女《ゆきおんな》か？

いや、違った。親父橋の手前の此処からでも、身形《みなり》ひどく貧しく黒髪乱れた、と判る女であった。女の姿絵を描くことが多い宗次の目には、横顔しか見せていないその女が、（年増《としま》のようだが何と美しい……）と映った。

宗次の脳裏に、平造親分が言った「それもまた思案橋を渡って直ぐでさあ」が甦《よみがえ》った。

宗次は、雪降る中いま女が佇《たたず》んでいる場所が、浮舟二代目、三代目が袈裟斬りされた場所ではないか、と思った。

それをまるで暗示するかのようにして、女は雪に打たれながら身じろぎひとつせず、自分の足元を食い入るように見つめている。

宗次は女の周囲《まわり》に何者かが潜んではいないか、と注意を払ってから、町家の陰からするりと出た。町家筋が地面に拵えている濃い月影から食《は》み出《だ》さないように用心しつつ、宗次はじりじりと女に近付いていった。

親父橋を過ぎると、宗次の眺める位置（角度）が女のやや後ろからとなって、その横顔が判り難くなった。

代わって女の背中が、はっきりと窺《うかが》える。剣術で暗視訓練を積み重ねてきた宗次の目は極めてよい。

「ん？」

宗次の目つき、表情が不意に険《けわ》しくなった。

（あれは……血？）

胸の内で宗次が呟く。女の背中の左肩下に、そう大きくはない広がりを見せているものを、宗次は、血、と読んだ。血はたとえ新鮮な血であっても、光の加減や質でその色が変わることを、揚真流《ようしんりゅう》を極め尽くしている宗次は、むろんのこと承知している。

宗次は尚《なお》も女に近付いていった。

すると女が思案橋を渡り出した。既に橋板の上を、女の足跡が残るほどに雪がうっすらとだが降り染めている。

渡り終えた直ぐその場で、女はまたしても自分の足元を食い入るように眺め始めた。宗次にも、女の背中の様子から、容易にそうと判った。

宗次は遂《つい》に「迷い柳」の陰に身を潜めた。たとえ女が急に振り返ったとしても向こう陰となる位置であったから、見つかり難《にく》い。

それに、勢いを弱めそうにない雪が、いささか視界を遮《さえぎ》ってくれてもいる。

宗次のすぐれた視力《め》に何ら差し支えない程にだが。

（寒い……一段と冷えてきやがった）

宗次は声なく呟いた。こいつあ新年真っ白な雪正月になるかも知れねえ、と思った。

女が地面——足元の——に向かって合掌《がっしょう》したのは、このときだった。背中の様子が、まぎれもなく合掌、と物語っている。

そして、女は振り返り思案橋を戻り出した。

「迷い柳」から片目を覗かせていた宗次は次の瞬間大きな衝撃を受け、愕然《がくぜん》となって背すじを反らせていた。

危うく「お夕《ゆう》……」と、声を出すところだった。

女――お夕――が、橋の中ほどでよろめき、欄干《らんかん》に手をかけて体を支えた。雪で足元を滑らせたようではなかった。宗次には、お夕が精根《せいこん》尽き果てているように見えた。げっそりとやつれ、見る影もない。加えて、信じられないような着乱れた身形ではないか。

宗次は「迷い柳」の陰から出た。

橋の上で旋毛風《つむじかぜ》が生じ月明りを浴びた雪が大きな渦を巻くかたちで無数の硝子粒《ガラスつぶ》のように輝き乱れたのはこの時であった。お夕の姿が一瞬、見え難《にく》くなる（日本での最初の硝子製造は古墳時代）。

「お夕……」

宗次は声を掛け雪に顔を打たれながら、ゆっくりと思案橋に近付いた。

お夕が、ハッとした様子でこちらを見た。が、渦巻く雪のために宗次が誰であるか判別し難《にく》いのであろう。怯《おび》えたように、欄干《らんかん》に摑まりながら退《さ》がり出した。

「お夕、私《あっし》だ……」

「来ないで……来ないで……」

悲痛な、しかし響き弱弱しい叫びであった。

宗次は構わず思案橋を渡り始め「私《あっし》だ……浮世絵師の宗次だ」と名乗った。

「え……」と、お夕の動きが止まる。

「どうした、何があった」と、宗次は尚も構わず橋の上をお夕に向かって進んだ。

「あ、宗次先生」

「何があったか知らねえが、もう心配はいらねえ。さ、これで……」

宗次は着流しの上に着ていた羽織を素早く脱ぐや、お夕の着乱れた着物の上からしっかりとくるんでやった。

「先生、私《あたくし》……」

「話はあとだ。歩けるかい」

「はい。先生とご一緒なら、何とか……」

「うん」と頷いて、宗次は辺りを見まわした。

「元吉原」が不夜城の時はこの界隈の居酒屋、飯屋、饂飩蕎麦屋《うどんそばや》も夜遅くまで商いをやっていた。

しかし現在《いま》は、とくに冬場は店じまいが早い。ましてや今夜は雪が降り出している。

「よし。少し歩くが頑張りねえ。冷えて足が痺《しび》れ出したら、おぶってやるからよ」

「大丈夫……でも嬉しい」

雪月夜という不気味な薄明りの中で、お夕は宗次の顔を見つめながら大粒の涙をポロポロと両の目からこぼした。

「泣くんじゃねえ。この私《あっし》がこうして傍《そば》に居るんでい。安心しな」

宗次は両の手の親指をそろりと滑らせて、お夕の頬の涙を拭《ぬぐ》ってやった。

このお夕こそ、初代「浮舟」の名で知られた、かつての吉原（新吉原）最高遊女であった。たぐいまれな美貌、深い教養学問、そして幅広い一級の常識作法などを身につけたこの初代「浮舟」は、世が世なら番町新道《ばんちょうしんみち》に千百坪の拝領屋敷を構えていた千八百石大身《たいしん》旗本名輪《なわ》家の姫君だった。身性《みじょう》の名は、優《ゆう》。つまり優姫である。

そして吉原の親父殿（庄司又左衛門）の教養の幅を著《いちじる》しく育《はぐく》んだ師匠こそが誰あろう、このお夕であったのだ。

宗次はお夕の肩を抱くようにして思案橋を渡り、雪降る中を日本橋川に沿って歩き、荒布橋《あらめばし》の直ぐ先、地曳《じびき》河岸で足を止めた。

「あの店だ。もう表口は閉まっているが、なあに何とかなる」

そう言って宗次が顎《あご》の先を小さく振ってみせたそこには、この界隈では老舗《しにせ》の看板を掲《かか》げても許されるかなり大きな店構えの船宿『元船《もとふね》』が在《あ》った。よく知っている船宿なのか宗次は裏手の路地へと、お夕の肩を抱いて廻り込んだ。

「足、痺れちゃあいねえかい」

「はい」

「ちょいと待っていねえ」

宗次はお夕から離れると——とは言っても、ほんの二、三歩——船宿『元船』の勝手口脇にある小造りな櫺子窓《れんじまど》に手を伸ばし、格子を拳の裏——指丘《しきゅう》で——軽く四、五度叩いた。実は二、三度ではないところに意味があった。

「あいよ」

と櫺子窓の向こうで野太い声の返事があって格子がごく僅《わず》かに開き、行灯の一条の明りが外へと漏れ出た。それだけで外にいるのが誰だと判ったのか、

「あ、宗次先生じゃないですかい」と野太い声の調子が改まって、すぐに勝手口の木戸が滑りよく開いた。

「このような刻限に申し訳ねえ」

「なにを水臭《みずくせ》え。さ……」

背丈は宗次の顎のあたりまでしかないが、肩幅ひろく首の太い如何《いか》にも屈強そうな男であった。野盗を思わせる程に揉み上げが長く濃く、年齢《とし》は三十半ばくらいであろうか。

男の目はチラリと宗次の後ろにいるお夕を認めはしたが、それだけのことで表情は殆《ほとん》ど関心を示さない。

「お夕、入らせて貰いねえ。この船宿の主人《あるじ》、典平《てんぺえ》どんだ」

宗次が体を横に開いて促すとお夕は黙って頷き、心細そうに勝手口を一歩入ってから、野盗のような船宿の男——典平——に深深と頭を下げた。

男は「うん」と小声で応じてから宗次と視線を合わせると、「熱い葱饂飩《ねぎうどん》に生卵《なまたまご》を一つ落としたのを二つ作らせて持って行かせっからよ」と、無愛想に言った。

「すまねえ、恩にきる」

「何をしゃらくせえ……『竹《たけ》の間《ま》』を使いねえ。炭火も直ぐに持ってくから」

男は口元に少し照れたような笑みを見せたが直ぐに消して、薄暗い掛け行灯の明りが揺れている左手の調理場へと入ってゆき、奥へ向かって「お金《きん》……」と濁声《だみごえ》を放った。「はいよ……」と打てば響くかの如《ごと》く甲高《かんだか》い声が返ってくる。

宗次は勝手口の外に一度出て辺りに用心深く目を凝《こ》らしてから、勝手口を戻って木戸に確《しっか》りと閂《かんぬき》をした。

いま宗次とお夕のいる位置は、船宿の正面入口から見ると一番奥に当たる。

そして、野盗のような男が口にした「竹の間」とは、調理場からは近い、この船宿では最も良い二間続きの部屋だった。

宗次は、その体から容易に怯えを消さないお夕の手を引いて、「竹の間」へと入っていった。

炭火の入っていない長火鉢《ながひばち》が二間続きの手前の座敷に備わっていたから、二人はそれを挟んで向き合った。お夕の両手は、肩に乗った宗次の羽織を摑んで離さない。

「お夕、ひどいやつれ様《よう》じゃあねえかい。一体《いってえ》どうしたというんでい」

「先生、私《あたくし》怖い……此処は大丈夫な所？」

「先程の野盗面典平どんはなあ、お夕よ。親不孝して博徒《ばくと》に走りやがったのだが、両親《ふたおや》が流行病《はやりやまい》で相次ぎ亡くなってからは真面目《まじめ》にこの船宿を継いでいるんだい。それよりもお夕、ぶるぶると体を震わせているのは、寒いというよりも、むしろ恐ろしい目に遭《あ》ったから、とでも言うのかえ？」

「恐ろしい以上の、恐ろしさでございます先生。どうか……どうかお救い下さいまし」

「若《も》しかして……浮舟二代目、三代目の殺しに絡んでいるのじゃあねえだろう

「な」

「は、はい」

お夕は、はっきりと頷いたあと、宗次の羽織で隠した痩せ細った両の肩をぶるっと、ひと震わせさせた。

「矢っ張りそうかえ。お夕よ、本来ならお前《めえ》は、将軍の幕僚として若年寄御支配下にある御使番、名輪出雲守芳行《なわいずものかみよしゆき》様をお父上とする姫君なんでい。だが、奥方を急な病《やまい》で亡くされた空閨《くうけい》を満たさんとして、お前《めえ》のお父上は新橋の小料理屋の女将で美貌の人妻に心を走らせてしまったい。そして想いが通じねえと判ると激怒し、その美貌の女将の首を斬り落とすという大罪を犯した」

「……」

「その挙《あ》げ句《く》、名門で知られた大身旗本名輪家はお取り潰しに……親戚筋から白い目で見られるようになった名輪家で一人っ娘《こ》のお前には行き場が無く、結局自ら吉原（新吉原）の妓楼『西田屋』へと駆け込み、親父殿に気に入られたたちまち吉原一の遊女へと……そうだったな」

「その通りでございます。けれども口の堅《かた》い親父様は私《あたくし》の身上を哀れに思うて下さいまして、大身旗本家の娘であった身分はひた隠しとし、伊豆《いず》は天城《あまぎ》の貧しい樵《きこり》の娘として売り出して下さいました」

「うむ。そうだったい。この私《あつし》もお前《めえ》の真《まこと》の身分を知ったのは、絵仕事で何《なに》かと付き合いのあった親父殿から、『西田屋』の大名広間《だいみようひろま》（大名や大身武家の遊興《ゆうきよう》に使用される座敷）の襖に、お前の姿絵を描くよう依頼されたときだったい。親父殿から、絶対に口外せぬようにと強く念を押されて聞かされた話にゃあ、私《あつし》も背筋を寒くしちまった」

「余りにも悲しく恥ずかしい我が父の不祥事でございました。私《あたくし》にとりましては、その襖絵のときが宗次先生との初めてのそして嬉しい出会いでございました」

「私《あつし》が何故いま、名輪家の悪夢をわざわざ持ち出したか判りますかえ。お前は他人様《ひとさま》の前では口に出来ぬ悲しい騒動の果てに名門であった家を取り潰される、というどん底の無念をすでに乗り越えてきたんだ。だからな、お夕。少しのことで怖がったり、びびったりしちゃあならねえ。凛《りん》とした姿勢、はっしとした心構えを見失っちゃあならねえ。判ったかえ」

「せ、先生……」

「年季明けの最高遊女のその後についちゃあ、総名主および名主以外は知っちゃあならねえ、という厳しい掟《おきて》が吉原にはある。とくに年季明けの最高遊女のその後を追い調べることが出来る権限は、総名主である親父殿にしか与えられちゃあいねえ。そうだったな？」

「はい。左様でございます」

このとき障子の外で「ごめんなさいよ」と若くない女の声がして、お夕が慌てて涙で湿っている目尻を指先で拭った。

「どうぞ……世話になるねえ女将」

「なんの、なんの」

そう言いながら障子を開けたのは、野盗面亭主典平《てんべえ》の女房お金《きん》（四十歳）であった。亭主典平よりも四つ年上でよく肥えている。

人の善《よ》さそうな丸顔のお金《きん》は、十能《じゅうのう》にのせて運んできた真っ赤な炭火を、長火鉢の灰にてきぱきとした動作で入れると、猫板の上の鉄瓶《てつびん》（薬罐《やかん》）を二重顎の先で、くいっと差し示し「水は入ってっからね」と笑顔で言い残し出ていった。

　宗次は炭火の上に薬罐をのせながら言った。

「今のはここの女将で、お金《きん》さんというんだ。亭主典平どんが博徒時代に身を置いていた組織の親分の妹とかでな……とにかく人の善い女将で誰彼に好かれていなさる」

「宗次先生は元博徒であったとかの典平さんと、どのようなことが契機《きっかけ》でお付き合いなさるようになられたのですか」

　そう言うお夕の表情は、やはり不安そうだった。

「何の心配もいらねえから安心しねえ。典平どんとは、ふと立ち寄った居酒屋で知り合《お》うて妙に気が合い、盃《さかずき》付《づ》き合いを始めて一年近くも経《た》ってから、博徒の親分の右腕だとか判ったのさ。少し驚いたが気性の立派な男でねい。しかも典平どんだって、私《あつし》のことを一年近くも浮世絵師とは知らないままだったい。お互い今でも思い出し笑いする仲よ」

「先生は誰にでも、お好かれなさいますから……」

「お夕、お前《めえ》だって初代浮舟の頃は、あちらこちらから何百両積んでも、の引《ひ》く手数多《てあまた》だったじゃねえかい。それを皆、頑《かたく》なに断わったのは一体《いってえ》どうした訳だったのだい」

「まだ現役の遊女でございましたし、実の娘のように大事にして下さいました親父様に、何よりも充分な恩返しがまだ出来ておりませんでしたもの……」

「それだけかい。誰か好きな男《ひと》（客）でも心の片隅に棲《す》み始めていたんじゃあねえのかい」

「たとえ棲み始めていたとしても申せませぬ。私《あたくし》にも元初代浮舟としての誇りがございますもの……寂しい誇りが……」

そう言って綺麗な姿勢で正座をしている膝の上に力なく視線を落とすお夕だった。

妓楼『西田屋』から出た最高遊女、初代浮舟お夕に続いて、二代目が浮舟お兆《ちよう》、三代目が浮舟お栄《えい》で、この二代目、三代目が何者かに斬られ命を落としたのだ。

そして四代目が浮舟お扇《せん》、五代目が現役の最高遊女浮舟お新《しん》、であった。

「さて、お夕よ。話を元へ戻してえ。このような刻限に何故、思案橋なんぞに佇んでいたんでい。雪降る中によう。いや、その前に吉原の掟《おきて》を破って是非にも訊《き》きてえ。年季明けのお前《めえ》を、誰彼が黙って眺めている訳がねえ。どうしても私の懐《ふところ》へ、と望む大店《おおだな》の旦那の五人や十人、いた筈だ。さ、簡単にでいいから聞かせてくんねえ。年季が明けた後の、初代浮舟お夕の人生をよ」

「はい。年季明けが近付いてくる私に対しては呉服橋《ごふくばし》南すじの一丁目にある太物問屋『近江屋《おうみや》』の旦那様から後添《のちぞ》いに、と親父様のところへきちんとした手続きを経て、何度も申し入れがございました」

「太物問屋の『近江屋』と言やあ、江戸屈指の大店じゃあねえか。でその大店の御新造さんてえのは？」

「子供が出来ぬまま、若くして病《やまい》でお亡くなりになり、この点については親父様も確かなことであると確認して下さいました」

「その旦那様てえのは幾つだい」

「愛し愛された御新造さんを亡くされたあとはずっと独り身を通され、はじめて私《あたくし》の客となったときは四十一歳でございました。実直でやさしいご性格で、その後も私《あたくし》を御贔屓《ごひいき》にして下さいましたけれども、私《あたくし》の肌には一度として指先さえもお触れにはなりませんでした。ある夜私《あたくし》がその理由について訊ねますと、『これがお前を大事とする私の遣《や》り方《かた》なのだ』と微笑《ほほえ》まれて……」

「そうか……『近江屋』の旦那は、そう言いなすったかい」

「それで私《あたくし》は、この旦那様の元で幸せになろう、と心に決めました。親父様が『お夕にはきっと合っているよ』と言っても下さいましたから」

「それで、幸せを摑めたのかえ」

「はい」

「子は？」

「男の子がひとり出来ました。いま店の誰にも可愛がられて五歳でございます」

「そのお前《めえ》が、幸せを摑んだお前《めえ》が何故、雪の中、げっそりとやつれて思案橋に佇んでいたんでい。私《あっし》を信じ勇気を出して全てを打ち明けてしまいねえ。いま、此処にこうしているお前《めえ》の姿はやつれ過ぎて、とても幸せには見えねえからよ」

「はい。不幸は不意に私の前に訪れました。私《あたくし》は名輪家が父の不祥事でお取り潰しになったとは申せ、亡き母の月命日には欠かさず愛宕下《あたごした》の菩提寺《ぼだいじ》『月倫《げつりん》寺《じ》』へ独《ひと》りでひっそりとお参り致しておりました。遊女に身を落としてから
も、きちんとした手続きを踏み親父様のお許しを戴いた上で欠かさずに」
「その愛宕下の菩提寺に突如《とつじょ》不幸が舞い下りてきたとでも言うのかえ」
「その通りでございます。私《あたくし》の油断でございました。『月倫寺』は貴藤易次郎《きとうやすじろう》長良《ながよし》が時たま訪れる寺でもあったのです。つまり『月倫寺』は貴藤家の菩提寺
でもございました」
「その貴藤《きとう》家てえのは？……余り聞かねえ名だが」
「あ、申し訳ございませぬ。感情が先走ってしまいました。貴藤家は小普請組《こぶしんぐみ》
旗本（無役旗本の意）七百石で、易次郎長良《やすじろうながよし》はそこの二男でございまして、私《あたくし》が
十代のはじめの頃までは親同士が言い交わした許婚《いいなずけ》の仲でございました」
「なに、許婚の仲と……」
「けれども次第に判って参ります易次郎長良《やすじろうながよし》の偏執的な性格が恐ろしくなっ
て、十六歳の時に父に幾度も申し入れてようやくのこと許婚誓約を解いて戴き
ました」

「偏執的な性格、というと?」

「易次郎長良《やすじろうながよし》に強く求められ、また父にも「行け」と勧められて半ばいやいや散歩に出かけたり致しました時のこと、易次郎長良は訳もなくいきなり刀を振り回したり致します。それも抜き打ち的に……」

「なんとまあ……具体的に、どういう風にだえ」

「たとえば綺麗な花を咲かせている桜の枝を矢継ぎ早に切り落としたり……」

「その時の表情は?」

「目が吊り上がり、口元にゾッとする薄ら笑いを浮かべております」

「他には?」

「土塀の上に寝そべっている猫とか、目の前に飛んできた小鳥とか蝶《ちょう》とかに、いきなり斬りかかります」

「矢張り抜き打ち的に、かえ」

「は、はい。それも滅多《めった》に斬り損じることがありませぬから、私《あたくし》はもう怖くて怖くて……」

「うむ、気性は間違いなく当たり前《めえ》じゃあねえが、相当な凄腕ではあらあな。

剣術《やっとう》の流儀は訊《き》いたことがあるのかえ」

「自分の方からさも誇《ほこ》らし気《げ》に、一刀流居合術及び夢双心眼流《むそうしんがんりゅう》抜刀術の免許皆伝者である、と申しておりました。不祥事で家を潰してしまいました我が父も、実は夢双心眼流抜刀術を心得てございました」

「そうだったのかえ。で、貴藤家二男のその偏執野郎を、其奴《そやつ》の父親や長兄は、叱ったり教育的指導をしたりはしなかったのかえ」

「無理でございました。家長である易之介定芳《やすのすけさだよし》様も、兄の易衛門時房《やすえもんときふさ》様も長く御病弱の身であられて床《とこ》に就くことが多く、貴藤家は事実上、易次郎長良《やすじろうながよし》の意のままでございます」

「母親は？」

「兄弟が幼い頃に他界致しております」

「そうか……」

と、腕組をする宗次であった。そこへ船宿の女中が大盆に湯気《ゆげ》を立てている饂飩を二人分運んできて、猫板の上に大盆のまま置くと、一礼して黙って退《さ》がっていった。

「さ、お夕、冷めない内に美味《おい》しく戴きねえ」

「その前に……その前に先生」

「どうしたい」

「菩提寺『月倫寺』でばったり易次郎長良と出合《でお》うてからの恐怖についてでございます」

「判った。一度にあれこれ聞いて、やつれたお前《めえ》に負担が掛かり過ぎては、と思ったんだが、聞こう」

「愛宕下『月倫寺』の竹林に囲まれた墓地で、易次郎長良にばったり出合った私《あたくし》は、脇差で脅《おど》されて竹林に連れ込まれ、辱《はずかし》めを受けました」

「なにっ」

宗次の目つきが豹変《ひょうへん》したかのようにギラリと光った。お夕は、堪《こら》え切れずに大粒の涙をこぼした。

「いくら元遊女ではあっても、人間としての誇りまで失うものではありませぬ。ましてや大店《おおだな》の旦那様に惹《ひ》かれてその人の妻となったからには、我が身の清さを守るためには命を賭《か》けねばなりませぬ。しかし……しかし、剣術皆伝の狂者の前には、女の力は余りにも無力でございました……くやしゅうございます宗次先生」

「そのような事があったのけい。偏執野郎のことだ。竹林の事だけでは済まなかったのじゃねえのか」

「午後《ひる》も遅く、人の姿が少なく目に留まらなかったことが私《あたくし》にとって不幸でございました。私《あたくし》は『騒げば竹林でのことを近江屋の誰彼に告げる』と脅《おど》され、小柄《こづか》（脇差添小刀《わきざしぞえこがたな》）を背中に当てられて貴藤家まで連れていかれ、土蔵に閉じ込められてしまったのでございます」

「一体《いってえ》、幾日閉じ込められていたんでい」

「今日で八日目になります。その間《かん》、易次郎長良はこの体を辱《はずかし》め続けました。もう私《あたくし》は『近江屋』へは二度と戻れませぬ。それに易次郎長良は逃げ出した私《あたくし》を探し出して、きっと斬り殺しましょう」

「土蔵から、どのようにして脱《ぬ》け出して来たのだ。鍵は掛かっていたんじゃねえのかえ」

「夕刻少し前、土蔵に入ってきた易次郎長良は、酒にひどく酔った上で私《あたくし》を辱め続け満足したかのようにそのまま眠ってしまいました」

「なるほど……」

「先生、易次郎長良は酒の勢いも手伝って、激しい口調で申しておりました。私《あたくし》に対する復讐《ふくしゆう》のために、浮舟二代目、三代目の棲《すみか》や行動を執拗《しつよう》に調べあげて、思案橋の参り口と戻り口とで斬り殺してやった、と」

「酷《むご》いことだが、事実だ。私《あつし》も目明かしの平造親分からそのように聞いている」

お夕は、「ああ……」と両手で顔を覆《おお》い肩を激しく震わせ、嗚咽《おえつ》を漏らした。

「お夕、辛《つれ》えだろうが話してくれ。湯島の『五丁町長屋』に住んでいた浮舟の二代目、三代目は二人揃《そろ》って何故、思案橋そばで斬られなきゃあならねえんでい」

「二代目は参り口近くの小料理屋の女将に三味線と小唄を、三代目は戻り口そばの料理茶屋の女将と娘さんに、舞踊を教えておりましたから……」

震え声で言い言い涙顔《なみだがお》を上げたお夕であった。

「そうだったのかえ。年季が明けた元最高遊女も、世の中に溶け込んで一生懸命に生きていたんだねい。その命を馬鹿旗本がよくも……見逃せねえ」

「五丁町長屋は、『西田屋』の浮舟とか『三浦屋』の高尾とかの最高遊女が、年季が明けて世の中に出、その歩みに失敗した場合に限って入居することが認められている長屋でございます先生」

「まさしく、浮舟二代目も三代目も、歯を食いしばって懸命に生きていたんだねい」

「私《あたくし》がこうして貴藤家の土蔵から逃げ出した以上、易次郎長良は次の標的を求めて刃《やいば》を振るうに相違《そうい》ありませぬ。あるいは『近江屋』近辺に潜み、私が戻って来るのを待ち構えているとか……」

「次の標的てえと……」

「舞いの美しさが天下一と言われました四代目浮舟お扇《せん》さんが恐らく危ないのではないかと思いまする。現役の五代目浮舟お新さんは、吉原という手強い組織で守られてございますし、侍と雖《いえど》も吉原で遊ぶ以上は腰の両刀を我が身から手放して預けねばなりませぬゆえ」

「その四代目浮舟お扇《せん》も『五丁町長屋』に住んでいるのかえ」

「いいえ。お扇《せん》さんは今では掘割そば瀬戸物町《せともものちょう》に在《あ》ります瀬戸物問屋の御新造として、若旦那と幸せいっぱいに暮らしております。確か、間もなくはじめての子が生まれる筈でございます」

「掘割そば瀬戸物町で若旦那の代になっている瀬戸物問屋と言やあ確か……」

「稲荷《いなり》神社横の『京屋《きようや》』でございます。大店《おおだな》という程の規模ではございませぬけれど」

「うん、そう。『京屋』だい。よし、お夕。お前《めえ》は私《あつし》がお前《めえ》の身の安全を確認するまで此処を動いちゃあならねえ。外に出てもならねえ。いいな」

「はい。そう致します」

「私《あつし》はちょいと出かける。温《あつた》かい饂飩《うどん》を食べて、私《あつし》を信じ此処で待っていねえ。必ずお前《めえ》を『近江屋』へ戻してやっからよ」

「先生…… 私《あたくし》、先生のことを……」

「いいか。『近江屋』の旦那と子供を大事に大事にするんでい。それがお前《めえ》にとっての大きな幸せであることを決して忘れちゃあならねえ」

「……」

宗次は長火鉢越《ご》しに両手の指先でお夕の涙跡を清めてやると、立ち上がった。

「どうかお気を付けください、先生」

宗次はそれには答えず座敷を出て障子をしっかりと閉じた。勝手口土間と調理場とを仕切っている長暖簾の間から典平《てんべえ》が顔を覗かせている。

宗次は土間に下りて典平に近付いてゆくと、その肩を押すようにして調理場へ入った。幸い、お金《きん》や手伝い女の姿はない。

宗次は典平《てんべえ》の耳元で囁いた。

「確か長脇差《ながどす》を今も大事《でえじ》に持っていなすったよな。頼む、貸しておくんなせい」

一瞬、典平は驚きの目で宗次を見たが、そのあと黙って小さく頷いてから調理場奥の部屋へ入っていった。

出て来た典平の手には、布袋に納められた細長いものがあった。

「博徒だった俺の長脇差《ながどす》はこれだがいいかえ」

小声で言って布袋から長脇差を取り出し宗次に手渡す典平だった。

「すまねえ。恩に着る」

「なあに……関市兵衛《せきのいちべえ》孫六《まごろく》の業物《わざもの》だ」

「うむ、大事にさせて貰う。それと、連れ（お夕）を暫《しばら》く預かっておくんない」

「心得た」

「ありがてえ」

宗次は典平の肩に軽く手をやってから、勝手口より外に出た。

雪は真《ま》っ直《す》ぐに深深《しんしん》と降り続いていた。夜空の月はまだ皓皓《こうこう》と輝いている。人の通り絶えた師走の夜であったから、すでに雪で真っ白に染まって足跡ひとつ無い。

その白い夜道を、宗次は長脇差《ながどす》を腰にして荒布橋《あらめばし》まで戻って掘割沿いの道を北へ向け韋駄天《いだてん》の如く駆けた。

瀬戸物問屋『京屋』がある掘割そば瀬戸物町までは、全くたいした道程《みちのり》ではない近さだ。しかも宗次にとっては、表道も裏小路も勝手知ったる日本橋の町《まち》町《まち》である。

だが、どの町家《まちや》も商家も連続した元遊女殺しを恐れてか、確《しっか》りと表を閉じて一条の明りさえ漏らしていない。宗次が頼れる明りは月明りと雪明りだ。

掘割沿いの道を道浄橋《どうじょうばし》近くまで来たとき、宗次の足が止まった。

雪降る向こう――道浄橋の上――に、ひとりの人の姿があった。

編笠をかぶった二本差しだ。

宗次は雪を避けるようにして町家《まちや》の軒下を伝い、板壁に張り付くかたちで、そろりと道浄橋へと近付いていった。若《も》し相手が偏執狂者の馬鹿旗本、貴藤易次郎長良であるとすれば、一刀流居合術、夢双心眼流抜刀術の免許皆伝だ。針の先ほどの油断もならない。

(それにしても、平気で元遊女を斬り殺し、あるいは犯すなんざあこの世には置いておけねえ屑《くず》野郎だあな。そんな野郎によくもまあ、剣術の先生がたは免許皆伝をお与えになったものだ。あきれるぜい)

胸の内で呟いて舌を打ち鳴らす宗次であった。一刀流居合術も夢双心眼流抜刀術も伝統ある一角《ひとかど》の流儀だ。

雪は降る。音無きやさしい音を立てて、深深と降る。

宗次と相手との間が次第に縮まっていった。

どこかで野良犬であろうか、狼《おおかみ》のような遠吼《とおぼ》えを放っている。

行きはぐれた子犬でも探しているのか、悲し気な遠吼えであった。

宗次の動きが止まった。橋上《きようじよう》中程の相手との隔《へだ》たりは凡そ四半町《しはんちよう》ばかり（二十七、八メートル）。

町家《まちや》の濃い影の中で宗次の左手の親指が、静かに鯉口《こいぐち》へ力を加えた。

おそらく典平は博徒の足を洗ってからも手入れを欠かしていないのであろう。

音も何らの抵抗も無く切れた鯉口であった。

橋上の二本差しは、ある一点を凝視《ぎようし》しているかの如《ごと》く身じろぎひとつしない。

その凝視し続ける方向に、瀬戸物問屋『京屋』があることを宗次は知っている。さほど規模が大きくない『京屋』の店構えが、防犯の観点では極めて不充分な構造——とくに裏口あたり——の建物であることも、宗次はよく承知していた。

橋上の二本差しが、肩に降りかかっている雪を手で払い落とし、そして手前方向——宗次の方——へと足を運び出した。ゆっくりと。

宗次は遂に雪の中に出た。そして自分から相手に向かっていきながら、

「おい……」

と、抑え気味に声を掛けた。相手がビクンとして立ち止まったのは、ちょうど欄干端《らんかんはし》の親柱《おやばしら》の辺りだった。どうやら相手は、宗次に見られていたのに気付いていなかったようだ。

宗次は、関市兵衛孫六《せきのいちべえまごろく》をゆるゆると抜いて無造作に下げた。

相手が五、六歩を退がった。油断を見せない完璧《かんぺき》とも言えるその退がり様《よう》に、「こいつあ出来る……」と宗次は捉えた。

雪が降る降る月下に降る。いつの間にか大粒となってまるで紋白蝶《もんしろちょう》が舞うかのようにして降る。忍び足のような音を、ひさひさひさと立てて降る。

その雪に打たれて、宗次は歩みを緩めずに進めた。

相手がまたも退がって、道浄橋の中程にまで戻り、左手を鯉口に触れた。

「お前《めえ》だな。一生懸命に生きている元遊女二人を斬りやがったなあ。おい、偏執野郎の馬鹿侍《ざむれえ》の貴藤易次郎長良よ。いまさら編笠で顔を隠すこともあるめ

い。その獣面《けものづら》を見せろい」

「……」

「次は『京屋』の女将で、元最高遊女の四代目浮舟お扇《せん》を狙っていやがるんだろうが、そうは問屋がおろさねえ」

抑え気味な低い声で言う宗次の足が、道浄橋の欄干親柱を左として止まった。

相手が刀を静かに抜き、宗次と同じように無造作にだらりと下げた。そして編笠を取り、掘割へ投げ捨てた。

宗次が「おっ……」と、思わず我が目を疑う。

月明りできらきらと輝きながら降る雪の向こうにある顔は、獣面《けものづら》どころではなかった。お夕から聞いている「恐怖の印象」どころではなかった。

(なんてえことだ……)

と、宗次が胸の内で呻《うめ》く。それは大きな衝撃の呻きでもあった。

宗次と対峙《たいじ》するその侍は、女性《によしよう》のような、どう眺めてもまさしく女性《によしよう》のような美貌の侍であった。しかもその端整《たんせい》さには気品があふれており、いま降る雪に合わせて白綸縫の綸子《りんず》を着せ、髪をおまた返しに結い改めれば、これはもう絶世《ぜっせい》の美女と言う他ない。

（き、綺麗過ぎる……）

と、宗次は息を止めて相手を見続けた。稀代《きだい》の天才浮世絵師を茫然《ぼうぜん》とさせる、相手の美貌だった。

相手もじっと宗次を見つめた。刀は右の手にだらりと下げたままだ。

「お前《めえ》……間違《まちげ》えなく、貴藤易……」

宗次が余りに美しい相手に確かめようと、そこまで言ったときであった。

「ふふふっ」とかたちよい相手の唇から含み笑いが漏れた。

それは、十七、八の美少女を思わせるかのような、瑞瑞《みずみず》しく澄んだ可憐《かれん》な含み笑いであった。しかし、宗次ほどの天才的な絵師の感性を酩酊《めいてい》させたのは、そこまでだった。

相手の次のひと言で、雪降る寒ささえ厭《いと》わない宗次の背筋はたちまち凍りついた。

「気に入りました。私は其方《そなた》が気に入りました。抗《あらが》わずに大人しくこちらへ来なさい。さあ、こちらへ来なさい。其方《そなた》を食べさせておくれ。元遊女浮舟お扇を食べる前に、其方《そなた》を切り刻んで味わいたい。ぐふふふ……」

がらりと変わった野太い濁声《だみごえ》だった。痰《たん》を咽頭《いんとう》のあたりで躍らせている「ぐふふ……」だった。それだけではない。ニタリと笑った口が三日月形となって「耳までか？」と見紛《みまご》うほどに裂け広がってゆく。

吊り上がった眦《まなじり》はもはや、当たり前な人の目ではなくなっていた。

ようやくのこと、囚《とら》われの身であったお夕の恐怖が、理解できた宗次だった。

「化物《ばけもの》め……」

宗次は吐き捨てるように呟いて、関市兵衛孫六《せきのいちべえまごろく》を正眼に身構えた。

相手の化物面《ばけものづら》が火に水をかけたように、すうっと鎮《しず》まって強張《こわば》ってゆく。

貴藤易次郎長良が一刀流居合術、夢双心眼流抜刀術の免許皆伝であるなら、実戦剣法揚真流を極め尽くした宗次の身構えが、容易ならざるものと気付いた筈である。

「其方《そなた》、剣をやるのか……」

「……」

「ますます気に入りましたぞ。切り刻んで切り刻んで食らい尽くしてくれましようぞ」

「……」

答えぬ無言の宗次は、肚《はら》の内でめらめらと怒りを激しく燃え上がらせていた。

目の前の狂気侍に、将来あるまだ若く美しい命を耐え難き恐怖の中で奪われたお兆とお栄の哀れを思うと、歯がギリッと噛《か》み鳴った。

「殺す」

それは宗次らしくない、凄みを込めた宣戦であった。

易次郎長良が、ようやく下段に身構える。

「その構え程度で皆伝と言うかあっ」

宗次の怒声が雪降る町に響き渡った。その烈火の怒声と同時に、正眼構えの刃を反転させた宗次は、橋床を蹴っていた。

雪の中を、一条の光が走った。

三

六日後の呉服橋南すじ一丁目『近江屋』。

明るい庭――小春日和《びより》が戻ったような――に面した居間で、宗次は手代《てだい》に勧められた床《とこ》の間《ま》を背とする上座を辞し、下座の位置に姿勢正しく座って主人善佐重門《あるじぜんざえもん》（四十九歳）が現われるのを待っていた。別間で先客の応接をしているということであった。

宗次の膝前には、一本の掛け軸がきちんと巻かれた状態で置かれている。どうやら真新しい。

廊下に急いでいると判る足音があって、それが次第に近付いてきた。するると、何としたことであろうか、宗次がゆっくりと平伏した。

障子に人影が映って、「失礼いたします」と声が掛かった。

宗次は答えなかった。この座敷にとって、自分は他人の立場だ。

障子が遠慮がちに開いて、やさしい顔立ちをした、しかし教養をきちんと積んだ印象の人物が入ってきた。善佐重門である。

「こ、これは宗次先生。どうぞ座る位置をお替え下さりませ」

「いえ、この位置で結構でございます。今日はお詫《わ》びで参上いたしました」

「先生どうぞお手をお上げください。手代《てだい》から宗次先生がお見えと聞かされ驚きましてございます。先生とは初対面でございまするが、それはもう御高名をよく存じあげ、『近江屋』の不忍池《しのばずのいけ》そばの寮に是非とも先生の襖絵を、と望んでもおりました次第でございます」

「襖絵のことならば、如何《いか》ようにも御引受け致します。本日はひたすらお詫びを申し上げたくて参りました」

と、日頃のべらんめえ調はすっかり影をひそめている宗次だった。

「あの、先生。お詫びと申しますと……先ずどうぞ、お手をお上げ下さいませ先生」

「はい、それでは……」

と宗次は顔を上げて善佐重門の顔と合わせた。そして、その表情を「暗い……」と宗次は感じた。おそらく夜も眠れぬ程に行方《ゆくえ》を絶った妻のことを案じているのであろう。

「私《わたくし》のお詫びと申しますのは、実は当『近江屋』の御新造お夕様に関してのことでございます」

「えっ」

妻の名が宗次の口から出るなどは予想だにしていなかった善佐重門であろう。その顔に驚きが走り、すぐさま期待の色に変わった。

「宗次先生。実は妻お夕の行方が知れないのでございます。もう幾日になるでございましょうか。町奉行所へも届けましたけれども、いまだに手がかり一つ摑めませず」

「この宗次、そのお夕様のことで心からのお詫びに参ったのでございます」

宗次はそう言うと、膝前に置いてあった一本の掛け軸の巻き紐《ひも》を解《と》き、「失礼」と小声で告げ、畳の上を慎重にころがした。

「こ、これは……」

解《と》かれた掛け軸を見て善佐重門は目を見張った。極彩色《ごくさいしき》の婦人画が描かれているではないか。息を呑む美しさだ。

「お夕だ……お夕でございますね宗次先生。そっくりです、そうでございましょう」

「はい。まぎれもなく、御新造お夕様でございます」

「先生は……先生はお夕の行方を御存じでいらっしゃいますのでしょうか」

「むろんよく存じております。ご無事でいらっしゃいますし、かすり傷ひとつ受けてはいらっしゃいません。あ、いや、着物のどこぞに絵具《えのぐ》の小さな飛び汚れくらいは付いているかも知れませぬが」

「と、申しますと、この掛け軸画は……」

「お夕様のご協力がなければ、とてもここまでは描き切れませんでした。近頃の私《わたくし》は美人画の描き方で行き詰まりを感じ、何としても新しい息吹《いぶ》きを得たいものと、神社仏閣を巡り歩いて祈る毎日でございました」

「先生ほどの御方《おかた》でも、そのような御苦しみを背負われることがあるとは、驚きでございます」

「いえいえ、苦しみは日常茶飯事《さはんじ》でございます。で、その救いの神としてお夕様とばったり出会ったのでございますよ。愛宕下の『月倫寺』境内《けいだい》で」

すから」

「左様でございましたか。『月倫寺』はお夕の生家《さと》の菩提寺でございますことから、母親の月命日には必ず訪れております。私も共に参りたいのでございますが、お夕がどうしても一人静かに亡き母と語り合いたい、と強く申すものですから」

「お夕様を『月倫寺』境内で見かけた私《わたくし》は、このひとの美しさこそ今の私を行き詰まりから解き放ってくれる、と確信したのでございます。そこでこの機会を逃してはならじ、と土下座に土下座を重ね、格式ある料理旅籠《はたご》の離れ座敷に閉じこもりこの掛け軸画を描かせて戴きました」

「お夕に対し土下座に土下座を重ねてでございまするか。先生ほどの御大家が」

「行き詰まった絵描きのわがままなんぞと申しますのは、斯様《かよう》に一方的で恥知らずなものでございます。どうかどうかお許しくだされ。この通りです」

宗次は再び畳に額が触れる程に平伏した。

「先生、お詫びなさることなどありませぬ。今や京《みやこ》の御所様（天皇）からさえお声が掛かるとかの噂《うわさ》があられる程の宗次先生。お夕はその先生のお役に立てたのでございます。これはお夕にとって、いいえ、この『近江屋』にとって大きな、誠に大きな誇りでございます。さ、先生、どうかお手をお上げ下さい。そしてこの掛け軸の値を仰《おつしや》って下さいまし。この近江屋善佐重門、金蔵を空《から》にしてでも御支払い申し上げます」

「とんでもございませぬ」

と、宗次は面《おもて》を上げた。

「この掛け軸は差し上げまする。お夕様に御協力戴いて、新しい息吹きを得ることの出来た謝礼の意味と、非常識にも無断のまま長くお夕様をお借り致しましたお詫びの意味を込めまして」

「ですが先生。先生の掛け軸画ともなりまするとや……」

「どうか、そこまでにしてやって下さいませ。それよりも長の留守をしたお夕様を決して叱らないと、この宗次にお約束くださいませぬか」

「叱るものですか先生。叱りませぬ。それよりも御高名過ぎるほど御高名な宗次先生のために、勇気を出して長の留守をしたことを褒《ほ》めてやりとうございます」

「ありがとうございます。今の寛大なる御言葉、この浮世絵師宗次の宝とさせて戴きまする。本当にありがとうございます」

宗次はそう言うと、すっくと立ち上がり障子を開けて廊下から広縁へと出た。

座敷を出て直ぐの五尺幅が廊下、その向こう六尺幅が広縁で、廊下と広縁の間には雨戸の敷居が走っている。

ちょうど庭の向こう真っ正面に、小造りだが堅牢《けんろう》そうな切妻《きりづま》造りの萱門《かやもん》（茅門とも）が見えている。

これが『近江屋』の通用門で、家族だけは此処から出入りすることになっていた。宗次は表通りの店口から訪ねたのであったが、応対してくれた手代の手によって雪駄《せった》は広縁足元下の踏み石の上へすでに移されている。

宗次はその雪駄を履《は》くと花壇に沿って庭を横切り、萱門の前へと近付いていき、立ち止まった。

座敷の方を振り向くと善佐重門が広縁まで出て正座をし、固唾《かたず》を呑んだ顔つきでこちらを眺めている。

宗次は小門《こかんぬき》を横に滑らせて、両開き木戸の片側だけを引き開けた。

お夕と、それにもう一人、職人風な小綺麗な身形をした白髪の老爺《ろうや》が、肩を並べて立っていた。背丈が宗次ほどもあるだろうか。

「さ、入んねえ。なんの心配もいらねえからよ」

と、宗次がやさしく囁き、見違えるばかりにふっくらと色艶《いろつや》のよくなったお夕の端整な表情が「先生……」と今にも泣き出しそうになった。

「泣いちゃあならねえ……約束だろ」

「は、はい」

「頼みます、爺《と》っつあん」

宗次が職人風の老爺と目を見合わせると、老爺は「任せときねえ」と小声で応じ頷いた。

二人が、広縁に向かって歩き出し、広縁の善佐重門が「おお……戻って来たかお夕」と立ちあがって顔をくしゃくしゃにした。

広縁の前で老爺が切り出した。すらすらとした軽快な喋り様に、善佐重門は座り直した。

「初対面の挨拶をさせて戴きやす『近江屋』の旦那さん。私《あっし》は神田で宗次先生の美人画の掛け軸をもう幾年にも亘《わた》って一手に引き受けておりやす経師屋《きょうじや》三郎兵衛《さぶろべえ》と申しやす」

「おお、経師仕事では江戸一番とか言われていなさる、あの三郎兵衛さん。名前はよく耳にしています」

「江戸一番かどうか知りやせんが宗次先生の美人画の経師仕事ってえのはどれ程に急いだとしても七、八日は戴きてえんでさ。それが今回に限って何とも急がされて一晩でやってくれと先生は無茶を言いなさる」

「はあ……そ、それは大変なことでございましたね」

「いやあ、もう必死でござんしたよ。ですからねえ『近江屋』の旦那さん。宗次先生から受け取りなさいやした掛け軸は、宝物以上に大切にしておくんなさいよ。私《あっし》も懸命に職人業《わざ》を打ち込んだんでさ。向こう数日は日に当たらぬようにして、なるたけ陰干しにしておくんない。早乾きの糊《のり》を用いてはおりやすが、まだ充分に乾いちゃあおりやせんから」

「は、はい。注意致しますですよ」

「それからね『近江屋』の旦那さん。今回の掛け軸でござんすが、ありゃあ五百両が千両でも買いてえ、という御大尽《おだいじん》が今に現われましょうぜ」

「ひえっ、千両……」

近江屋善佐重門は目をむいた。商人らしく腹の内で計算していた額よりも遥かに高額だ。比較にならぬ程に。

「せ、先生……」

善佐重門が中腰となって、背丈ある経師屋三郎兵衛の頭の向こうに宗次の姿を認めようとしたが、その姿はすでに消えていた。

「お夕や、宗次先生に丁重に御礼を言いましたかえ。早く追いかけて、もう一度丁寧に御礼の言葉をのべてきなさい。丁寧に……」

「はい、旦那様」

お夕は通用門へ小駆けに急いだ。

「最上級の掛け軸を扱う大事について、三つ四つ申し上げやすとね『近江屋』の旦那さん」

自分が手がけた掛け軸について喋り出すと、止まらぬ経師屋三郎兵衛だった。

通用門を出て、お夕は急いだ。

宗次の後ろ姿が、表通りを左へ折れるところで振り向いた。

（先生……ご恩は生涯忘れませぬ……先生のお姿、この胸深くに……）

胸の内で呟き、胸の内で涙を流し、お夕は合掌した。

宗次が微笑んで頷き、そして町家の角を左に折れて見えなくなった。

こらえていたお夕の目尻から、涙がひとつぶこぼれ落ちた。

「門田泰明時代劇場」刊行リスト

ひぐらし武士道
『大江戸剣花帳』（上・下）
徳間文庫　平成十六年十月
光文社文庫　平成二十四年十一月
徳間文庫（新装版）　令和二年一月

ぜえろく武士道覚書
『斬りて候』（上・下）
光文社文庫　平成十七年十二月
徳間文庫　令和二年十一月

ぜえろく武士道覚書
『一閃なり』（上）
光文社文庫　平成十九年五月

ぜえろく武士道覚書
『一閃なり』（下）
光文社文庫　平成二十年五月
徳間文庫　令和三年五月
（上・中・下三巻に再編集して刊行）

浮世絵宗次日月抄
『命賭け候』
徳間書店　平成二十年二月
徳間文庫　平成二十一年三月
祥伝社文庫　平成二十七年十一月
（加筆修正等を施し、特別書下ろし作品を収録して『特別改訂版』として刊行）

ぜえろく武士道覚書
『討ちて候』（上・下）
祥伝社文庫　平成二十二年五月
徳間文庫　令和三年七月

浮世絵宗次日月抄
『冗談じゃねえや』
徳間文庫　平成二十二年十一月
光文社文庫　平成二十六年十二月
（加筆修正等を施し、特別書下ろし作品を収録して『特別改訂版』として刊行）
祥伝社文庫　令和三年十二月
（上・下二巻に再編集して『新刻改訂版』として刊行）

浮世絵宗次日月抄『任せなせえ』　光文社文庫　平成二十三年六月

浮世絵宗次日月抄『秘剣 双ツ竜』　祥伝社文庫　平成二十四年四月

浮世絵宗次日月抄『奥傳 夢千鳥』　光文社文庫　平成二十四年六月

浮世絵宗次日月抄『半斬ノ蝶』(上)　祥伝社文庫　平成二十五年三月

浮世絵宗次日月抄『半斬ノ蝶』(下)　祥伝社文庫　平成二十五年十月

浮世絵宗次日月抄『夢剣 霞ざくら』　光文社文庫　平成二十五年九月

拵屋銀次郎半畳記『無外流 雷がえし』(上)　徳間文庫　平成二十五年十一月

拵屋銀次郎半畳記『無外流 雷がえし』(下)　徳間文庫　平成二十六年三月

浮世絵宗次日月抄『汝 薫るが如し』　光文社文庫(特別書下ろし作品を収録)　平成二十六年十二月

浮世絵宗次日月抄『皇帝の剣』(上・下)　祥伝社文庫(特別書下ろし作品を収録)　平成二十七年十一月

『俠客』（一）　拵屋銀次郎半畳記　徳間文庫　平成二十九年一月

『天華の剣』（上・下）　浮世絵宗次日月抄　光文社文庫　平成二十九年二月

『俠客』（二）　拵屋銀次郎半畳記　徳間文庫　平成二十九年六月

『俠客』（三）　拵屋銀次郎半畳記　徳間文庫　平成三十年一月

『汝よさらば』（一）　浮世絵宗次日月抄　祥伝社文庫　平成三十年三月

『俠客』（四）　拵屋銀次郎半畳記　徳間文庫　平成三十年八月

『汝よさらば』（二）　浮世絵宗次日月抄　祥伝社文庫　平成三十一年三月

『俠客』（五）　拵屋銀次郎半畳記　徳間文庫　令和元年五月

『汝よさらば』（三）　浮世絵宗次日月抄　祥伝社文庫　令和元年十月

『黄昏坂七人斬り』　徳間文庫　令和二年五月

拵屋銀次郎半畳記
『汝 想いて斬』（一）　徳間文庫　令和二年七月

浮世絵宗次日月抄
『汝よさらば』（四）　祥伝社文庫　令和二年九月

拵屋銀次郎半畳記
『汝 想いて斬』（二）　徳間文庫　令和三年三月

浮世絵宗次日月抄
『汝よさらば』（五）　祥伝社文庫　令和三年八月

本書は平成二十六年に光文社より刊行された『冗談じゃねえや　特別改訂版　浮世絵宗次日月抄』を上・下二巻に再編集し、著者が刊行に際し加筆修正したものです。

一〇〇字書評

切・り・取・り・線

購買動機（新聞、雑誌名を記入するか、あるいは○をつけてください）

□（　　　　　　　　　　　　　）の広告を見て
□（　　　　　　　　　　　　　）の書評を見て
□ 知人のすすめで　□ タイトルに惹かれて
□ カバーが良かったから　□ 内容が面白そうだから
□ 好きな作家だから　□ 好きな分野の本だから

・最近、最も感銘を受けた作品名をお書き下さい

・あなたのお好きな作家名をお書き下さい

・その他、ご要望がありましたらお書き下さい

住所	〒				
氏名		職業		年齢	
Eメール	※携帯には配信できません	新刊情報等のメール配信を 希望する・しない			

この本の感想を、編集部までお寄せいただけたらありがたく存じます。今後の企画の参考にさせていただきます。Eメールでも結構です。

いただいた「一〇〇字書評」は、新聞・雑誌等に紹介させていただくことがあります。その場合はお礼として特製図書カードを差し上げます。

前ページの原稿用紙に書評をお書きの上、切り取り、左記までお送り下さい。宛先の住所は不要です。

なお、ご記入いただいたお名前、ご住所等は、書評紹介の事前了解、謝礼のお届けのためだけに利用し、そのほかの目的のために利用することはありません。

〒一〇一－八七〇一
祥伝社文庫編集長　清水寿明
電話　〇三（三二六五）二〇八〇

祥伝社ホームページの「ブックレビュー」からも、書き込めます。
www.shodensha.co.jp/
bookreview

祥伝社文庫

冗談《じようだん》じゃねえや（下） 新刻改訂版《しんこくかいていばん》 浮世絵《うきよえ》宗次《そうじ》日月抄《じつげつしよう》

令和 3 年12月20日　初版第1刷発行

著　者　門田泰明《かどたやすあき》

発行者　辻　浩明

発行所　祥伝社《しようでんしや》

東京都千代田区神田神保町 3-3
〒101-8701
電話　03（3265）2081（販売部）
電話　03（3265）2080（編集部）
電話　03（3265）3622（業務部）
www.shodensha.co.jp

印刷所　萩原印刷
製本所　ナショナル製本
カバーフォーマットデザイン　かとうみつひこ

Printed in Japan ©2021, Yasuaki Kadota　ISBN978-4-396-34772-7 C0193